KB084424

Daddy Long Legs 키다리 아저씨

Daddy Long Legs 키다리 아저씨

진 웹스터 지음 | 김지혁 일러스트 | 김양미 옮김

Contents

우울한 수요일

매월 첫째 수요일은 '끔찍하기 이를 데 없는 날'이다. 조마조마한 마음으로 기다리다 꿋꿋이 견뎌 내고는 얼른 잊어버려야 하는 그런 날 말이다. 마룻바닥에는 얼룩 한 점 없어야 하고, 의자도 티끌 하나 없어야 하며, 침대도 주름 하나 있으면 안 된다. 잠시도 가만있지 못하는 아흔일곱 명의 어린 고아들은 몸을 깨끗이 씻고, 빗질하고, 새로 풀 먹인 깅엄 옷(줄무늬나 바둑판무늬를 넣어 짠 면으로 만든 옷: 옮긴이)의 단추를 꼭꼭 채워 입어야 한다. 또한 예의범절을 갖춰 평의원의 질문에 "네, 선생님."이나 "아니오, 선생님."이라고 대답해야만 한다.

그야말로 괴로운 날이었다. 제루샤 애벗은 가엾게도 고아원에서 나이가 가장 많다는 이유로 그 모든 괴로움을 짊어져야 했다. 그리고 오늘, 이 특별한 수요일도 여느 때처럼 그럭저럭 끝나 가고 있었다. 제루샤는 고아원 손님들을 위해 샌드위치를 만들던 부엌을 벗어나 늘 하던 일을 마치기 위해 위층으로 올라갔다. 제루샤는 F실 담당이었는데, 네 살에서 일곱 살까지의 어린 원생 열한 명이 지내는 그 방에는 작은 침대 열한 개가 일렬로 늘어서 있었다. 제루샤는 아이들을 모아 구겨진 옷을 바로 펴주고, 코를 닦아 준 다음, 얌전히 줄을 세워 빵과 우유와 자두 푸딩이 차려진 짧고도 행복한 식사가 기다리는 식당으로 데려갔다.

그러고는 창가 의자에 주저앉아 지끈거리는 관자놀이를 차가운 유리창에 댔다. 제루샤는 이날, 새벽 다섯 시부터 사람들의 심부름을 도맡아 하느라 자리에 한 번 앉지도 못하고 신경질적인 원장에게 혼나 가며 허둥거려야 했다.

리펫 원장은 평의원들과 여자 손님들 앞에서는 차분하고 점잖게 행동했다. 하지만 그건 평소 모습과는 거리가 멀었다. 제루샤는 고아원을 경계 짓는 높은 철제 울타리 너머로 넓게 펼쳐진 얼어붙은 잔디밭과 그 위로 굽이치는 산마루와 벌거벗은 나무들 한가운데 솟아 있는 마을의 뾰족탑들을 물끄러미 바라보았다.

제루샤가 보기엔 오늘 하루도 꽤 성공적으로 끝난 듯했다. 평의원들과 시찰단은 고아원을 둘러보고, 보고서를 읽고, 차를 마신 후 따뜻한 난로가 있는 행복한 가정으로 서둘러 떠나는 중이었다. 그리고 앞으로 한 달 동안은 이런 성가시고 사소한 책임은 잊고 지낼 터였다. 제루샤는 몸을 기울여 호기심과 부러움이 섞인 눈으로 고아원 정문을 빠져나가는 마차와 자동차 행렬을 지켜보았다. 상상 속에서 제루샤는 첫 번째 사륜마차를 타고 언덕배기에 띄엄띄엄 늘어선 커다란 저택을 향해 가고 있었다. 모피 코트와 깃털 장식이 달린 벨벳 모자 차림으로 의자에 등을 기댄 채 마부에게 무심한 어조로 "집으로."라고 읊조리는 자신의 모습을 그려 보았다. 하지만 저택 입구에 들어서자 상상의 세계는 흐릿해져 버렸다.

제루샤는 상상력이 풍부해서 리펫 원장으로부터 까딱하면 상상력 때문에 낭패를 볼지도 모른다는 주의를 들을 정도였지만, 그 대단한 상상력으로도 저택의 현관 안 풍경은 도무지 그릴 수가 없었다. 불쌍하고 열정적이고 모험심 강한 고아 소녀 제루샤는 십칠 년 동안 살면서 한 번도 평범한 가정집에 들어가 본 적이 없었다. 그래서 고아들과는 전혀 무관한 삶을 사는 사람들의 일상을 상상해 낼 수가 없었다.

제에-루-샤 애-벗

원자—앙실로
가봐—아,
서두르는 게
좋을 거야!

합창 단원인 토미 딜런이 노래를 부르며 계단을 올라와 복도를 지나고 있었다. F실에 가까워질수록 토미의 노랫소리가 커졌다. 제루샤는 몸을 비틀며 창가에서 일어나 골치 아픈 현실로 돌아왔다.

"누가 찾는데?"

제루샤가 토미의 노래를 자르며 불안한 표정으로 물었다.

원장실에서 리펫 원장님이,
화가 난 것 같던데.
아—아—멘!

토미는 기도문이라도 읊듯 경건하게 노래했다. 하지만 심통을 부리는 것 같지는 않았다. 아무리 못된 아이라도 잘못을 저지른 누이가 화난 원장에게 불려 원장실로 간다면 가여운 마음이 들 터였다. 게다가 토미는 제루샤를 좋아했다. 가끔 제루샤가 토미의 팔을 홱 잡아당기거나 코가 떨어질 듯 빡빡 문질러 닦아 주곤 했지만 말이다.

원장실로 향하는 제루샤의 양미간에 주름이 두 개 잡혔다. 뭐가 잘못된 거지? 제루샤는 걱정이 앞섰다. 샌드위치가 너무 두꺼웠나? 호두 케이크에 껍질이 들어갔을까? 여자 손님이 수지 호손의 양말에 난 구멍을 보기라도 했나? 아니면……. 맙소사! 내가 돌보는 F실의 꼬마 천사 하나가 평의원에게 건방지게 '말대꾸'를 한 걸까?

아래층 긴 복도에는 아직 불이 켜져 있지 않았다. 제루샤가 계단을 내려가는데 마지막 평의원이 이제 막 떠나려는지 주차장으로 통하는 열린 문 앞에 서있는 게 보였다. 엄청나게 큰 키 때문에 제루샤의 눈길은 문 쪽으로 쏠렸다. 그가 길모퉁이에 대기 중이던 차를 향해 손을 흔들었다. 자동차가 시동을 걸고 다가오자 헤드라이트 불빛에 그의 그림자가 복도 안벽에 선명하게 드러났다. 복도의 바닥과 벽 위로 팔다리가 기괴할 정도로 길쭉한 그림자가 드리워졌다. 긴 다리가 너울대는 장님거미(이 책의 원제인 'Daddy-Long-Legs'는 원래 장님거미라는 뜻: 옮긴이)와 꼭 같은 모습이었다.

걱정으로 찌푸렸던 제루샤의 얼굴에 살짝 미소가 감돌았다. 제루샤는 워낙 천성이 밝아서 언제 어디서나 웃음거리를 찾아내곤 했다. 평의원이라는 위압적인 존재로부터도 재미있는 면을 발견할 수 있다면 그건 뜻밖의 수확이라 할 만했다. 이 작은 사건으로 한결 기분이 좋아진 제루샤는 웃는 얼굴로 원장실 문을 열고 들어갔다. 그런데 놀랍게도 리펫 원장 역시 살가운 표정으로 제루샤를 맞고 있는 게 아닌가. 원장은 방문객 앞에 있을 때처럼 가식적으로 상냥한 표정을 짓고 있었다.

"제루샤, 앉거라. 할 말이 있다."

바짝 긴장한 제루샤는 의자에 앉아 숨도 제대로 쉬지 못한 채 리펫 원장의 다음 말을 기다렸다. 창밖으로 자동차 불빛이 지나갔다. 리펫 원장이 힐끗 눈길을 던졌다.

"방금 떠난 신사분을 봤니?"

"뒷모습만 봤어요."

"평의원들 중에서도 가장 부유한 축에 드는 분인데, 그동안 우리 고아원에 많은 돈을 기부해 오셨단다. 하지만 그분 성함은 말해 줄 수가 없어. 이름을 밝히지 말아 달라고 특별히 부탁하셨거든."

제루샤의 눈이 커졌다. 평의원들의 기이한 행동에 대해 원장과 이야기를 하게 되다니. 여간 어색하지 않았다.

"그 신사분은 우리 고아원의 남자아이들에게 관심이 많단다. 찰스 벤튼과 헨리 프레이저 알지? 그 애들을 대학에 보내 주신 것도 그 평의원이셨어. 둘 다 열심히 공부해서 그분의 자비로운 은혜에 보답하고 있지. 그분은 다른 보답은 바라지 않는단다. 지금까지는 남자아이들에게만 자선을 베풀어 왔지. 내가 여자아이들에게도 관심을 가져 달라고 부탁해 봤지만, 아무리 가능성 있는 여자아이라도 소용이 없었단다. 내 생각에는 여자아이들을 좋아하지 않는 것 같아."

"그러네요, 원장님."

이쯤에서 뭔가 반응을 보여야 할 것 같다는 생각에 제루샤가 마지못해 맞장구를 쳤다.

"오늘 정기 회의에서 네 장래 문제가 거론되었단다."

리펫 원장은 잠시 말을 멈추고 제루샤를 바라보았다. 그러고는 또렷한 목소리로 말을 이었다.

"너도 알다시피, 열여섯 살이 넘으면 고아원을 나가는 게 일

반적이지만 너는 예외였어. 너는 고아원 학교를 열네 살에 마쳤고, 성적도 아주 좋았지. 행동도 나무랄 데 없었어. 물론 항상 그랬다는 건 아니야. 어쨌든 그래서 널 마을 고등학교에 보내기로 결정했던 거지. 이제 고등학교도 마쳤으니, 당연히 고아원에선 널 더 이상 맡을 책임이 없어. 사실, 규정보다 2년이나 더 돌봐줬으니까."

리펫 원장은 제루샤가 그 2년 동안 고아원에서 지내는 대가로

얼마나 열심히 일을 했는지는 모르는 체했다. 늘 고아원 일이 우선이고 학교는 그다음이었다는 사실도, 그래서 오늘 같은 날이면 학교를 빠지고 청소를 해야 했다는 사실도 그냥 넘어갔다.

"말했듯이, 네 장래 문제가 거론되면서 너에 대한 기록을 검토했단다. 아주 철저하게 말이지."

리펫 원장은 피고석에 앉은 죄인을 추궁하는 듯한 눈길로 제루샤를 노려보았다. 졸지에 피고인이 된 제루샤는 눈에 띌 만한 오점이 기억나서가 아니라, 왠지 그래야 할 것 같은 분위기에 휘말려 죄지은 얼굴로 고개를 숙이고 있었다.

"물론 너와 같은 경우라면 일자리를 찾아 주는 게 보통이지만, 넌 몇몇 과목 성적이 뛰어난 데다 특히 국어 과목은 아주 월등하더구나. 우리 고아원의 시찰단원인 프릿차드 양은 학교 이사직에도 몸담고 계신데, 네 수사학 선생님과 이야기를 나눴다면서 너에 대해 좋게 말씀하셨어. 그러면서 네가 쓴 '우울한 수요일'이라는 수필을 큰 소리로 읽어 주셨단다."

제루샤의 얼굴에는 당황한 기색이 역력했다.

"너에게 큰 은혜를 베푼 고아원을 그런 식으로 우롱하다니, 배은망덕한 아이라는 생각이 들더구나. 글이 재미있었기에 망정이지, 안 그랬으면 용서고 뭐고 없었을지도 몰라. 하지만 다행스럽게도 방금 떠난 신사분은 유머 감각이 좀 과도하게 풍부하더구나. 그 뻔뻔한 글을 듣고는 널 대학에 보내 주겠다고 하셨으니 말이다.”

“대학이요?”

제루샤의 눈이 휘둥그레졌다.

리펫 원장이 고개를 끄덕였다.

“그분은 정기 회의가 끝난 후 후원 조건에 대해 말씀하고 가셨어. 그런데 그 조건이란 게 희한해. 아무래도 좀 엉뚱한 분이신 것 같아. 너한테 독창성이 엿보인다며, 널 작가로 키울 계획이라고 하시더구나.”

“작가요?”

제루샤는 망치로 머리를 한 대 맞은 것처럼 정신이 멍했다.

“그게 그분 바람이란다. 네가 뭐가 될지는 두고 봐야 알겠지만. 용돈도 아주 후하게 주실 거야. 용돈이란 걸 써본 적이 없는 여자아이한테는 지나치다 싶을 만큼 넉넉하게 말이다. 워낙 세세하게 계획을 세워 놓아서 뭐라고 다른 의견을 내놓을 수가 없었어. 넌 이번 여름 동안만 여기에 있으면 돼. 친절하게도 프릿차드 양이 네가 입을 옷을 마련해 주겠다고 하셨단다. 네 기숙사비와 학비는 직접 학교로 지불될 거고, 그 밖에 네가 학교에 다니는 4년 동안 매달 35달러의 용돈이 나올 거야. 그 돈이면 다른 학생들과 비슷한 수준으로 생활할 수 있을 거야. 용돈은 한 달에 한 번 그 신사분의 개인 비서를 통해 받게 될 거야. 그러면 넌 답례로 한 달에 한 번 감사 편지를 쓰면 돼. 하지만 돈을 보내

줘서 고맙다는 내용은 안 돼. 그분은 그런 말은 좋아하지 않으시거든. 넌 학업 진행 상황과 일상적인 이야기들을 자세하게 쓰면 된단다. 살아 계신 부모님께 편지를 쓴다는 마음으로 말이야.

편지는 존 스미스 씨 앞으로 쓰면 비서가 받아 전해 줄 거야. 그분 성함이 존 스미스는 아니지만 워낙 이름을 밝히길 꺼려 하시니까 너한테만은 존 스미스가 되는 거야. 그분이 너한테 편지를 쓰라고 한 건, 문학적 표현력을 기르는 데 편지 쓰기만 한 게 없다고 생각하시기 때문이란다. 그런데 너한테는 편지를 주고받을 가족이 없으니 대신 자기한테 쓰라는 거지. 네 소식도 알 겸 말이다. 하지만 답장은 어떤 식으로든 절대 하지 않을 게다. 그분은 편지 쓰기를 아주 싫어하는 데다 너 때문에 부담을 느끼고 싶지도 않다니까. 그러지 않으리라 믿지만, 퇴학을 당한다거나 뭐 그런 경우처럼 만에 하나 꼭 답이 필요한 일이 생기면, 그분의 비서인 그릭스 씨에게 연락하면 돼. 매달 편지 쓰기는 네가 반드시 지켜야 할 의무야. 스미스 씨가 바라는 유일한 보답이니까, 청구서 지불하듯 빠뜨리지 않고 보내야 한다. 편지에는 항상 존경하는 마음과 학업 성과가 잘 드러나도록 해라. 존 그리어 고아원에 많은 후원금을 지원해 주고 있는 평의원에게 보내는 편지라는 사실을 잊지 말도록."

리펫 원장의 갑작스런 이야기에 머리가 빙글빙글 돌았다. 제루샤는 원장의 지루한 잔소리에서 벗어나 혼자 생각할 시간을 가지고 싶었다. 제루샤는 자리에서 일어나 머
뭇거리며 뒤로 한 발짝 물러났다. 리펫 원장
이 가지 말고 기다리라는 시늉을 했다. 일장
연설의 기회를 놓치고 싶지 않았던 것이다.

"네게 일어난 이 지극히 드문 행운에 대해
고마운 마음을 가지고 있겠지? 너 같은 처지의 여자아이들 중에
출세할 기회를 얻는 경우는 흔치 않아. 그러니까 네가 항상 기
억해야 할 것은······."

"아······. 네, 원장님, 감사합니다. 말씀 끝나셨으면, 전 이만!
프레디 퍼킨스의 바지를 꿰매 주러 가야 해서요."

제루샤가 원장실을 나가자, 아직 할 말을 다 끝내지 못한 리
펫 원장은 입을 딱 벌린 채 그녀의 뒷모습을 멍하니 바라보고
있었다.

제루샤 애벗 양이
키다리 아저씨 스미스 씨에게
보내는 편지들

 **퍼거슨관 215호에서**

9월 24일

고아들을 대학에 보내 주시는 친절한 평의원님께

학교에 도착했어요! 전 어제 네 시간이나 기차 여행을 했답니다. 무지 신났겠죠? 전 여태껏 한 번도 기차를 타본 적이 없었거든요.

대학은 엄청나게 크고 정신없는 곳이에요. 방을 나설 때마다 길을 잃을 정도랍니다. 나중에 어리둥절한 기분이 좀 가시면 더 자세히 말씀드릴게요. 수업에 대해서도요. 수업은 월요일 아침에 시작하는데, 지금은 토요일 밤이거든요. 하시만 인사라도 드리고 싶은 마음에 이렇게 첫 번째 편지를 씁니다.

모르는 사람한테 편지를 쓰려니 기분이 이상하네요. 사실 제가 편지를 쓴다는 것 자체가 이상하긴 하지만요. 평생 편지라고는 서너 번밖에 쓴 적이 없거든요. 그러니 혹시 격식에 맞지 않더라도 너그럽게 이해해 주세요.

어제 아침, 출발하기 전에 리펫 원장님과 아주 진지한 대화를 나눴어요. 원장님은 제가 앞으로 어떻게 행동해야 하는지, 특히 무한한 호의를 베풀어 주신 신사분께 어떻게 처신해야 하는지에 대해 말씀하셨어요. 그래서 전 '아주 공손하게' 행동하려고 노력해야 한답니다.

하지만 '존 스미스'라는 이름으로 불러 주길 바라는 분께 어떻게 예의를 갖춘 정중한 편지를 쓸 수 있을까요? 왜 좀 더 매력적인 이름을 고르지 않으셨나요? '친애하는 말뚝에게'나 '친애하는 옷걸이에게'라고 쓰는 거나 다를 바가 없잖아요.

전 여름 내내 평의원님에 대한 생각을 많이 했답니다. 처음으로 저한테 신경 써주시는 분이 생기니까 마치 가족이라도 찾은 것 같은 기분이 들었어요. 누군가에게 속해 있다는 아주 아늑한 느낌이랄까. 하지만 평의원님을 생각할 때마다 제 상상력이 꽉 막혀 버린다는 말씀을 드려야겠네요. 제가 평의원님에 대해 아는 건 딱 세 가지뿐이에요.

1. 키가 크다.

2. 돈이 많다.

3. 여자아이들을 싫어한다.

처음엔 '여자아이를 싫어하는 분께'라고 쓸까 생각했어요. 그런데 그건 저 자신을 모욕하는 느낌이 들어서 다시 '돈이 많은 분께'라고 할까 했는데, 그건 평의원님을 돈만 아는 사람 취급하는 느낌이 들어 너무 무례하다는 생각이 들었죠. 거기다 돈이 많다는 건 제가 알고 있는 평의원님의 일부분일 뿐이잖아요. 평생 부자로 산다는 보장도 없고 말이에요. 아주 똑똑한 남자들도 월 스트리트에서 파산하는 일이 많잖아요. 하지만 최소한 키는 평생 변하지 않겠죠! 그래서 전 평의원님을 '키다리 아저씨'라고 부르기로 마음먹었어요. 언짢게 생각하지 않으셨으면 좋겠어요. 이건 그냥 저 혼자 부르는 애칭이니까요. 그러니까 리펫 원장님께는 비밀로 하기로 해요.

이제 잠시 뒤면 열 시를 알리는 시계 종이 울릴 거예요. 이곳생활은 종소리로 나눠진답니다. 우리는 시계 종소리에 맞춰 밥도 먹고, 잠도 자고, 공부도 해요. 생동감이 넘쳐 나죠. 온종일 소방차를 끄는 말이 된 기분이라니까요. 종이 울리네요! 불을 꺼야 해요. 안녕히 주무세요.

규칙 한번 잘 지키는 아이라고 생각하고 계신가요? 이게 다 존 그리어 고아원에서 생활한 덕분이랍니다.

아저씨를 세상에서 가장 존경하는

제루샤 애벗 올림

10월 1일

키다리 아저씨께

대학도 좋고, 절 대학에 보내 주신 아저씨도 좋습니다. 무지 무지 행복하고, 순간순간이 너무 신나서 잠을 못 이룰 정도예요. 이곳에서의 생활이 존 그리어 고아원의 일상과 얼마나 다른지 상상도 못하실 거예요. 전 세상에 이런 곳이 있는 줄 꿈에도 몰랐어요. 여자 대학에 입학하지 못하는 사람들이 안됐다는 생각까지 들 정도라니까요. 아저씨가 젊었을 때 다닌 대학도 이만큼 근사하진 않았을걸요.

제 방은 새 진료소를 짓기 전에 전염병 병동으로 쓰던 건물 꼭대기 층에 있어요. 같은 층에는 여자아이들이 세 명 더 있는데, 한 명은 늘 조금만 조용해 달라고 부탁하는 안경 쓴 4학년생이고, 두 명은 샐리 맥브라이드와 줄리아 루틀리지 펜들턴이라는 신입생이에요. 빨간 머리에 들창코인 샐리는 아주 다정한 아이예요. 줄리아는 뉴욕 최고 상류층 출신인데, 아직 저랑 인사도 안 했어요. 샐리와 줄리아는 한 방을 쓰고, 4학년 선배와 저는 각각 독방을 써요. 독방은 거의 없어서 신입생들한테는 주지 않는다는데, 전 부탁 한번 안 하고 독방을 쓰게 되었어요. 교무처 직원이 가정 교육을 제대로 받고 자란 여자아이에게 고아와 한 방을 쓰라고 하는 건 옳지 않다고 생각한 모양이에요. 때로는 고아인 게 득이 될 때도 있더라고요!

제 방은 북서쪽 모퉁이에 있어요. 창밖으로 보이는 풍경이 아주 멋져요. 열여덟 살이 될 때까지 스무 명이나 되는 아이들과 복작대며 한 방을 써와서인지 혼자 있는 고요함이 얼마나 행복한지 몰라요. 처음으로 제루샤 애벗이라는 여자아이를 제대로 알 기회를 얻은 것 같아요. 왠지 그 아이가 좋아질 것 같네요.

아저씨는 어떠세요?

화요일

1학년 농구부를 만드는데, 저도 뽑히지 않을까 싶어요. 물론 전 키가 작지만 동작이 무척 빠른 데다 끈기도 있고 강인하거든요. 다른 아이들이 공중으로 뛰어오를 때, 가랑이 사이를 요리조리 빠져나가 공을 가로챌 수 있어요. 농구 연습이 얼마나 재미있는지 몰라요. 오후에 운동장에서 농구를 할 때면 울긋불긋한 나무들과 낙엽 태우는 기분 좋은 냄새에 저절로 기운이 난답

니다. 다들 웃고 소리치며 열심히 농구 연습을 해요. 이렇게 행복한 여자아이들은 처음 본다니까요. 그리고 그중에서 가장 행복한 아이는 바로 저랍니다!

제가 뭘 배우는지에 대해 긴 편지를 쓸 작정이었는데,(아저씨가 알고 싶어 하신다고 리펫 원장님이 그러셨거든요.) 지금 막 7교시 시작종이 울렸어요. 10분 안에 체육복으로 갈아입고 운동장으로 가야 해요. 아저씨도 제가 농구부에 뽑히길 바라시죠?

아저씨의 한결같은
제루샤 애벗 올림

추신: 샐리 맥브라이드가 방금 제 방에 얼굴을 들이밀고는 이렇게 말했어요.

"집 생각이 나서 도저히 못 참겠어. 넌 어때?"

전 살짝 미소를 지으며 견딜 만하다고 대답했어요. 다른 건 몰라도 향수병 하나는 안 걸릴 자신이 있어요! 고아원이 그리워서 향수병에 걸렸다는 이야기 같은 건 들어 본 적이 없거든요. 아저씨는요?

10월 10일

키다리 아저씨께

미켈란젤로에 대해 들어 보셨어요?

중세 이탈리아에 살았던 유명한 화가래요. 영문학 수업을 듣는 아이들 모두가 미켈란젤로를 아는 것 같더군요. 전 미켈란젤로를 대천사라고 했다가 교실을 웃음바다로 만들었어요.(미켈란젤로를 영어식으로 읽으면 대천사인 Archangel과 발음이 비슷함: 옮긴이) 천사장처럼 들리는데, 안 그런가요? 대학 생활의 애로사항은 다른 사람들은 제가 한 번도 배운 적이 없는 수많은 것들을 당연히 알고 있을 거라고 생각한다는 점이에요. 그래서 창피할 때가 종종 있어요. 하지만 이젠 친구들이 제가 전혀 들어 보지 못한 것에 대해 이야기를 하면 그냥 묵묵히 있다가 나중에 백과사전을 찾아보곤 하죠.

첫날에는 정말 끔찍한 실수를 저질렀어요. 누가 모리스 마테를링크(『파랑새』, 『벌』을 쓴 벨기에의 시인이자 극작가: 옮긴이) 이야기를 하기에, 제가 그 아이도 신입생이냐고 물었거든요. 그 이야기는 곧 학교 전체에 파다하게 퍼졌답니다. 그래도 전 다른 친구들 못지않게 제가 똑똑한 편이라고 생각해요.

제 방을 어떻게 꾸몄는지 궁금하지 않으세요? 제 방은 갈색과 노란색이 어우러져 있어요. 연한 황갈색 벽에 어울리는 노란 데님 커튼을 달고, 마호가니 책상(중고 시장에서 3달러에 구입했음!)과

라탄 의자, 가운데에 잉크 자국이 있는 갈색 러그를 샀어요. 잉크 자국 위에 의자를 놓았더니 감쪽같더라고요.

제 방은 창문이 너무 높아서 보통 의자에 앉으면 밖이 보이지 않아요. 그래서 서랍장 뒤에 붙은 거울의 나사를 풀어서 떼어낸 다음 서랍장에 천을 덧씌워 창문 밑으로 옮겼어요. 그랬더니 딱 알맞은 높이의 창가 자리가 만들어졌어요. 서랍을 열어 계단처럼 딛고 올라가면 된답니다. 얼마나 아늑하다고요!

샐리 맥브라이드가 4학년들이 주최한 경매에서 물건 고르는 걸 도와주었어요. 샐리는 어릴 때부터 자기만의 방을 가지고 살아서인지 방을 어떻게 꾸며야 하는지 잘 알고 있더라고요. 평생 5센트 이상은 가져 본 적이 없는 제게 물건을 고르고 진짜 5달러를 지불하고 거스름돈을 받는 일이 얼마나 신나는지 아저씨는 상상도 못하실 거예요. 아저씨, 용돈을 주셔서 정말 고맙습니다.

샐리는 세상에서 가장 재미있는 친구예요. 줄리아 루틀리지 펜들턴은 그 정반대고요. 교무처 직원이 어떻게 그 둘을 한 방에 배정했는지 이해가 안 가요. 샐리는 모든 걸 재미있어해요. 심지어 낙제까지도 말이죠. 하지만 줄리아는 모든 걸 따분해하죠. 다정하게 굴려는 노력 같은 건 죽어도 안 해요. 펜들턴 가문 출신이기만 하면 아무 시험 없이도 천국에 갈 수 있다고 믿는 애거든요. 줄리아와 전 천성적으로 맞지 않나 봐요.

이제 슬슬 제가 무슨 공부를 하고 있는지 알고 싶어 조바심이

나시죠?

1. 라틴어: 2차 포에니 전쟁. 어젯밤 한니발과 그의 군대가 트라시메누스 호수에 캠프를 설치. 잠복한 채 로마군을 기다리다 오늘 새벽 4시에 교전. 로마군 퇴각.
2. 프랑스어: 『삼총사』 24쪽과 불규칙 동사 제3변화.
3. 기하학: 원기둥 마치고 원뿔 공부 중.
4. 국어: 설명문에 대해 공부 중. 덕분에 문체가 나날이 명확하고 간결해지고 있음.
5. 생리학: 소화 기관까지 공부. 다음 시간엔 담즙과 췌장에 대해 배울 예정.

배움의 길 위에서
제루샤 애벗 올림

추신: 술은 입에도 대지 마세요. 간에 치명적이거든요.

수요일

키다리 아저씨께

이름을 바꿨어요.

학적부에는 여전히 '제루샤'로 적혀 있을 테지만, 친구들과 선생님은 이제 절 '주디'라고 불러요. 하나뿐인 애칭마저 스스로 지어야 하다니 좀 안됐죠? 하지만 순전히 저 혼자 지은 건 아니에요. 프레디 퍼킨스가 제 이름을 제대로 말하기 전까지 절 그렇게 불렀거든요.

리펫 원장님이 아이들 이름을 고를 때 좀 더 창의력을 발휘하셨으면 좋겠어요. 원장님은 전화번호부에서 성을 따오는데요, 첫 장을 펼치면 '애벗'이라는 성이 보일 거예요. 게다가 이름은 아무 데서나 고르세요. '제루샤'란 이름은 묘비에서 보고 지은 거래요. 그래서 전 그 이름이 항상 싫었어요. 하지만 주디는 마음에 들어요. 좀 생뚱맞긴 하지만 말이에요. 저와는 달리 파란 눈동자에 작고 귀엽고, 가족들의 사랑을 듬뿍 받아 제멋대로 굴며, 아무런 걱정 없이 자기 인생을 마음껏 살아가는 그런 여자아이에게나 어울리는 이름이죠. 제가 그런 아이라면 얼마나 좋을까요? 저는 아무리 결점이 많더라도 가족이 너무 귀여워만 해서 버릇이 나빠졌다는 말은 듣지 못할 거예요. 하지만 그런 아이인 척하는 일은 무척이나 재미있답니다. 그러니까 앞으로는 절 '주디'라고 불러 주세요.

한 가지 더 말씀드릴까요? 전 새끼 양가죽으로 만든 손가락장갑을 세 켤레나 갖고 있어요. 벙어리장갑은 크리스마스 선물로 받은 적이 있지만, 손가락이 각각인 진짜 양가죽 장갑은 없었거든요. 전 틈만 나면 장갑을 꺼내서 껴보곤 한답니다. 수업 시간에 벗어 놓으려면 이렇게라도 해야지 어쩔 수 없어요.

저녁 식사 종이 울리네요. 안녕히 계세요.

금요일

아저씨는 어떻게 생각하세요? 국어 교수님이 지난번에 제가 제출한 과제를 보시곤 독창성이 돋보인다고 하셨어요. 진짜예요. 정말 그렇게 말씀하셨다니까요. 그동안 제가 받은 교육을 생각하면 말도 안 되는 일이죠, 안 그래요? 존 그리어 고아원의 목표는 (아저씨도 잘 알고 계시다시피) 아흔일곱 명의 고아를 아흔일곱 명의 쌍둥이로 바꾸는 일이니까요.

제가 지닌 독특한 예술적 재능은 장작을 쌓아 두는 창고 문에 분필로 리펫 원장님의 초상화를 그리면서 발달했답니다.

제가 자란 고아원을 나쁘게 이야기한다고 언짢아하지 않으셨으면 좋겠어요. 어차피 결정권은 아저씨한테 있으니, 제가 너무 건방지게 군다 싶으면 언제든 후원을 중단하셔도 괜찮아요. 예의 바른 말이 아닌 건 알지만, 저한테 예절을 기대하시면 안 돼요. 고아원은 어린 숙녀들을 위한 교양 학교가 아니니까요.

아저씨도 아시겠지만, 대학 생활에서 힘든 건 공부가 아니에요. 친구들과 어울리는 일이지요. 친구들이 무슨 이야기를 하는지 절반도 못 알아듣겠어요. 저만 모르는 이야기를 가지고 농담을 하는 것 같아요. 전 그들의 언어를 이해 못하는 이방인이에요. 비참한 기분이랍니다. 전 평생 이런 기분으로 살아왔어요. 고등학교 때는 여자아이들이 몰려들어서 절 구경한 적도 있어요. 제가 희한하고 색다른 존재라는 걸 다들 알았던 거죠. '존 그리어 고아원'이라는 글자가 제 얼굴에 쓰여 있는 기분이었어요. 때로는 동정심 많은 아이들 몇몇이 다가와 몇 마디 건네는 경우도 있었죠. 전 학교의 모든 아이들이 미웠지만, 동정 어린 눈으로 절 바라보는 아이들이 가장 미웠어요.

여기선 제가 고아원 출신이라는 걸 아무도 몰라요. 샐리 맥브라이드한테만 어머니 아버지가 돌아가셨고, 어떤 친절한 노신사분이 대학에 보내 주셨다고 털어놨어요. 거기까진 엄연한 사실이니까요. 아저씨한테 겁쟁이 취급받는 건 싫지만, 전 정말이지 다른 아이들과 같아지고 싶거든요. 그런데 '고아원 출신'이라는 끔찍한 사실이 엄청난 걸림돌이 되고 있어요. 제가 그 사실을 떠올리지 않을 수 있다면 저도 다른 아이들처럼 괜찮은 여자가 될 수 있을 것 같은데 말이죠. 전 정말로 근본적인 차이는 없다고 보거든요. 아저씨 생각은 어떠세요?

그렇거나 말거나 샐리 맥브라이드는 제가 좋대요.

아저씨의 영원한

주디 애벗 올림(과거의 제루샤)

토요일 아침

방금 이 편지를 다시 읽어 봤는데, 너무 침울한 것 같아요. 하지만 월요일 아침까지 제출해야 하는 특별 과제에, 기하학 복습에, 지독한 재채기 감기까지 겹쳤으니 이해해 주실 거죠?

일요일

어제 편지 부치는 걸 깜박하는 바람에 추신을 남길 수 있게 되었네요. 오늘 아침 주교님이 설교를 하시면서 뭐라고 그랬는지 아세요?

"성서가 우리에게 전하는 가장 은혜로운 약속은 '가난한 자들이 항상 너희와 함께할지니.'라는 말씀입니다. 그들이 이 세상에 존재하는 이유는 우리가 동정심을 잃지 않도록 하기 위해서입니다."

그러니까 가난한 사람들이 유용한 가축이나 마찬가지라는 소리잖아요? 제가 어엿한 숙녀였기에 망정이지, 안 그랬으면 예배가 끝나자마자 주교님께 달려가 제 생각을 말씀드렸을 거예요.

10월 25일

키다리 아저씨께

농구부에 뽑혔어요. 왼쪽 어깨에 든 멍을 아저씨가 한번 보셔야 하는데 말이죠. 푸른색과 적갈색이 뒤섞인 가운데 주황색 줄무늬가 몇 개 들어가 있어요. 줄리아 펜들턴도 농구부에 들어오려 했지만 떨어졌어요. 만세!

제가 얼마나 성질이 못됐는지 아시겠죠?

대학 생활은 갈수록 나아지고 있어요. 아이들도, 교수님도, 수업도, 교정도, 식사도 모두 마음에 들어요. 일주일에 두 번은 아이스크림도 맛볼 수 있어요. 이곳에서는 옥수수 죽 같은 음식은 나오지 않는답니다.

아저씨는 한 달에 한 번만 편지를 받고

싶다고 하셨죠? 그런데 전 이렇게 며칠마다 편지를 써대고 있네요! 하지만 새로운 생활이 너무 재미나서 누군가에게 이야기하지 않고는 못 참겠어요. 그런데 제가 아는 사람은 아저씨뿐이잖아요. 그러니 자주 보내도 용서하세요. 곧 진정될 거예요. 혹시라도 제 편지가 지겨우면 언제든 쓰레기통에 던져 버리세요. 11월 중순까지는 편지를 보내지 않겠다고 약속드리겠습니다.

세상에서 제일가는 수다쟁이
주디 애벗 올림

11월 15일

키다리 아저씨께

오늘 배운 내용을 말씀드릴게요.

'정각뿔 절두체의 옆넓이는 절두체의 윗변과 밑변 길이의 합에 양쪽 사다리꼴의 높이를 곱한 값의 2분의 1과 같다.'

거짓말 같겠지만 사실이에요. 증명할 수도 있어요!

제 옷에 대해서는 이야기한 적 없죠? 아름다운 새 옷을 여섯 벌이나 샀어요. 누군가 작아서 못 입게 된 옷을 물려받은 게 아니라고요. 고아의 삶에서 이 일이 얼마나 기념비적인 사건인지 아저씨는 모르시겠죠? 제게 그런 기쁨을 안겨 주시다니, 정말 감사합니다. 교육을 받는 것도 멋진 일이긴 하지만, 새 옷 여섯 벌의 주인이 되는 아찔한 경험에는 비할 바가 못 돼요. 옷은 방문 위원이신 프릿차드 양이 골라 주셨어요. 리펫 원장님이 아니라서 얼마나 다행인지. 실크처럼 부드럽고 얇은 분홍빛 이브닝 드레스(입으면 진짜 예뻐요.)와 교회에 갈 때 입는 파란 드레스, 붉은 베일과 동양 장식이 달린 만찬용 드레스,(이걸 입으면 꼭 집시 같아요.) 장밋빛 샬리 천으로 만든 드레스, 외출용 회색 정장, 매일 학교 갈 때 입는 옷까지 모두 여섯 벌이에요. 줄리아 루틀리지 펜들턴에 비하면 아무것도 아니겠지만, 제루샤 애벗한테는 그야말로 환상이죠!

이제 아저씬 제가 얼마나 경박하고 생각 없는 계집아이인지, 여자아이에게 공부를 가르치는 게 얼마나 돈 낭비인지 생각하고 계실 테죠?

하지만 아저씨도 평생 체크무늬 깅엄 옷만 입고 살았다면 제 기분을 이해하실 거예요.

게다가 전 고등학생이 되면서 그 옷보다 더 끔찍한 옷을 입어야 했다고요. 자선함에 든 옷 말이에요. 자선함에 든 허름한 옷을 입고 학교에 가는 심정이 얼마나 끔찍한지 아저씨는 모르실 거예요. 원래 옷 주인 옆에 앉았다가 망신을 톡톡히 당한 적도 있어요. 그 애는 다른 아이들과 소곤거리고 낄낄대며 제 옷에 손가락질까지 해댔어요. 싫어하는 사람이 입다 버린 옷을 입는 비참한 심정은 영혼을 갉아먹을 정도랍니다. 앞으로 평생 실크 스타킹을 신을 수 있다 해도 그 상처는 지워지지 않을 것 같아요.

전쟁 속보!
현장 취재 소식.
11월 13일 목요일 새벽, 한니발 장군이 로마군 선발대를 무찌른 뒤 카르타고군을 이끌고 산악 지대를 넘어 카실리눔 평야로 진격. 무장한 누미디아군이 퀸투스 파비우스 막시무스 보병대와 교전을 벌임. 두 번의 전투와 소규모 접전 발생. 로마군은 막심한 피해를 입고 격퇴당함.

전선 특파원의 영광을 안은
J. 애벗

추신: 어떤 답장도 기대해선 안 되고, 아저씨를 귀찮게 하는 질문도 해선 안 된다는 거 잘 알아요. 하지만 아저씨, 이번 한 번만 대답해 주세요. 아저씨는 나이가 아주 많나요, 조금 많나요? 완전 대머리세요? 아니면 약간 대머리세요? 아저씨 모습을 떠올리는 건 기하학 정리만큼이나 애매모호해요.

키 큰 부자에다가 여자아이들을 싫어하면서도 꽤나 건방진 한 여자아이한테만은 더할 수 없이 너그러운 아저씨는 대체 어떻게 생기셨나요?

답장 요망.

12월 19일

키다리 아저씨께

제 질문에 한 번도 대답해 주지 않으셨지만, 이건 아주 중요한 문제랍니다.

아저씬 대머리세요?

아저씨 모습을 나름대로 그럴 듯하게 그려 나가다가도 머리 부분에만 이르면 콱 막혀 버려요. 머리색이 하얀지, 까만지, 희끗희 끗한지, 아예 없는지 결정하기가 힘들어요.

눈이 무슨 색인지 궁금하세요? 눈동자는 회색이고, 눈썹이 베란다 지붕처럼 툭 튀어나왔어요.(소설에서는 그런 걸 '돌출했다.'고

표현하죠.) 입은 양끝이 조금 처진 일자 모양이에요. 아, 알았다! 아저씨는 성질이 괄괄한 늙은이로군요. 예배 종이 울리네요. 전 이만 가봐야겠어요.

늦은 밤

절대불변의 규칙을 하나 만들었어요. 이제부턴 다음 날 아침에 제출할 필기 과제가 아무리 많더라도 밤에는 절대로, 맹세코 공부하지 않을 작정이에요. 대신 책을 읽을 거예요. 아시다시피, 저한텐 오랜 공백기가 있으니 선택의 여지가 없어요. 제 머릿속 무지의 심연이 얼마나 깊은지 아저씬 믿지 못하실 거예요. 전 요즘 그 깊이를 절감하고 있답니다. 제대로 된 가족과 가정 속에서, 제대로 된 친구와 도서관이 있는 환경에서 자란 여자아이라면 다 아는 것들을 한 번도 들어 본 적이 없어요.

저는 『마더 구스』나 『데이비드 코퍼필드』, 『아이반호』, 『신데렐라』, 『푸른 수염』, 『로빈슨 크루소』, 『제인 에어』, 『이상한 나라의 앨리스』를 읽어 본 적도 없고, 루디야드 키플링의 시도 한번 들어 보지 못했어요. 헨리 8세가 한 번 이상 결혼한 거며, 셸리가 시인이라는 것도 처음 알았어요. 인간의 조상이 원숭이였다는 것과 에덴동산이 아름다운 신화일 뿐이라는 사실도 몰랐어요.

R. L. S가 로버트 루이스 스티븐슨의 약자
라는 것도, 조지 엘리엇이 여자라는 사실도
몰랐고요. 〈모나리자〉라는 그림도 본 적이
없고, (못 믿으시겠지만 사실이랍니다.) 셜록 홈
즈에 대해서도 전혀 못 들어 봤어요.

　이제는 이런 것들을 모두 알고 다른 사실들도 많이 알게 됐
지만, 아직 제가 따라잡아야 할 게 얼마나 많은지 짐작이 되시
죠? 뭐, 그래도 재미있어요! 온종일 저녁이 되길 기다리다 방
문 앞에 '공부 중'이라고 써 붙인 후, 빨간 목욕 가운으로 갈아입
고 털 슬리퍼를 신은 다음 소파에 쿠션을 몽땅 받쳐 놓고는 등을
기대고 앉아요. 그리고 청동 전등을 켜두고는 읽고 또 읽는 거
죠. 한 권 가지곤 안 돼요. 전 한 번에 네 권씩 읽는답니다. 지금
은 테니슨의 시와 『허영의 시장』, 키플링의 『소박한 이야기』, 그
리고…… 웃지 마세요. 『작은 아씨들』을 읽고 있어요. 알고 보니
학교에서 『작은 아씨들』을 읽지 않은 아이는 저뿐이더군요. 하
지만 아무한테도 말하진 않았어요. 그냥 말없이 서점에 가서,
지난달 받은 용돈 중 1달러 12센트를 주고 그 책을 샀지요. 이제
는 누가 라임 절임(『작은 아씨들』에 등장하는 에피소드 중 하나: 옮긴
이)에 대해 이야기하면 무슨 이야기를 하는지 알아들을 수 있다
고요!

　열 시 종이 울립니다. 이번 편지는 자꾸 짧게 끊기네요.

토요일

아룁니다.

기하학 분야에서 새로운 탐험을 하고 있다는 소식을 전하게 되어 영광입니다. 지난 금요일, 저희는 이전 학습 과제인 평행 육면체를 마치고 절두 각기둥으로 넘어갔습니다. 앞으로 거칠고 힘든 오르막이 예상됩니다.

일요일

크리스마스 방학이 다음 주라 다들 가방 싸기에 바빠요. 복도가 어찌나 어수선한지 다니기도 힘들 정도예요. 다들 들떠서 공부는 아예 뒷전이랍니다. 전 멋진 방학을 보낼 거예요. 텍사스에 사는 신입생 하나가 집에 안 간다고 해서 둘이서 멀리 산책도 다녀오고, 얼음이 얼면 스케이트도 배우기로 했어요. 게다가 읽어야 될 책도 도서관에 가득 있으니, 방학 동안 지치도록 읽으려고요!

이만 줄일게요. 아저씨도 저만큼 행복하시길 빌어요.

주디 올림

추신: 제 질문에 대답하는 것 잊지 마세요. 편지 쓰는 게 귀찮으시면 비서에게 전보를 치라고 하세요. 그냥 이런 식으로요.

스미스 씨는 완전 대머리이다.
혹은
스미스 씨는 대머리가 아니다.
혹은
스미스 씨는 백발이다.

전보 요금 25센트는 제 용돈에서 제하셔도 좋아요.
그럼 1월까지 안녕히 계세요. 즐거운 성탄 보내시길!

크리스마스 방학 끝 무렵
키다리 아저씨께

아저씨가 있는 곳에도 눈이 오나요? 제 방에서 보이는 세상은 온통 하얀 천을 덮어 놓은 것 같아요. 하늘에선 팝콘만 한 눈이 내리고 있답니다. 지금은 늦은 오후예요. 평소보다 차가워 보이는 보랏빛 언덕 너머로 해가 막 넘어가고 있고, 저는 창가 자리에 앉아 마지막 햇빛을 받으며 아저씨께 편지를 써요.

아저씨가 보내 주신 금화 다섯 닢을 받고 얼마나 놀랐는지 몰라요! 전 크리스마스 선물이 익숙하지 않거든요. 아저씨는 이미 저한테 많은 것들을 주셨으니(제가 가진 것들은 모두 다 아저씨께서 주신 거랍니다.) 그 이상은 받을 자격이 없다고 생각해요. 그래도 선물은 정말 맘에 든답니다. 제가 그 돈으로 무엇을 샀는지 궁금하지 않으세요?

1. 수업 시간에 늦지 않게 해줄, 가죽 상자에 든 은 손목시계
2. 매튜 아놀드 시집
3. 보온 고무물통
4. 무릎 담요(제 방은 춥답니다.)
5. 노란 원고지 500장(곧 작가가 될 준비에 착수할 거예요.)
6. 동의어 사전(작가로서 어휘력을 늘리기 위해.)
7. (마지막 품목은 정말 털어놓기 싫지만 말씀드릴게요.) 실크 스타킹 한 켤레

자, 이쯤 되면 제가 숨기는 게 있다고는 절대 말씀 못하시겠죠!

솔직히 말하면 실크 스타킹을 사게 된 건 아주 궁색한 이유 때문이었어요. 줄리아 펜들턴이 기하학 공부를 하러 제 방에 오면 소파에 책상다리를 하고 앉곤 하는데, 매일 저녁마다 실크 스타킹을 신고 오는 거예요. 하지만 두고 보죠. 그 애가 방학을 마

치고 돌아오자마자 실크 스타킹을 신고 그 애 방에 가서 똑같이 책상다리를 하고 소파에 앉고 말 테니. 보셨죠, 아저씨? 전 이렇게나 형편없는 아이랍니다. 하지만 적어도 전 솔직하다고요. 아저씨도 제 고아원 기록을 봐서 아시겠지만, 전 완벽한 아이가 아니랍니다. 아저씨도 그렇지 않나요?

요컨대(국어 교수님은 한 문장 걸러 한 번씩 이 표현을 쓰신답니다.) 일곱 가지 선물을 주셔서 무한히 감사드립니다. 전 그 선물들을 캘리포니아에 사는 가족이 상자에 담아 보냈다고 생각하기로 했어요. 시계는 아버지가, 무릎 담요는 어머니가, 보온 물통은 추운 날씨에 제가 감기라도 걸릴까 노심초사하시는 할머니가, 노란 원고지는 남동생 해리가 선물했다고 말이에요. 또 실크 스타킹은 이소벨 언니가, 매튜 아놀드 시집은 수잔 숙모가, 동의어 사전은 해리 삼촌(남동생 해리는 삼촌 이름을 딴 거예요.)이 주신 셈 쳤어요. 해리 삼촌은 초콜릿을 보내려고 했는데, 제가 사전을 고집했답니다.

이런 다양한 가족의 일원이 되는 게 싫으신 건 아니죠?

그럼 이제 제가 방학을 어떻게 보냈는지 말씀드릴게요. 아니면 제가 배운 내용 그 자체만 말씀드릴까요? '그 자체만'이라는 표현의 미묘한 차이를 아저씨가 느끼셨으면 좋겠네요. 최근에 제 어휘 목록에 추가된 표현이거든요.

텍사스에서 왔다는 그 친구 이름은 레오노라 펜튼이에요. 제루샤만큼이나 웃긴 이름이죠, 그죠? 전 그 애가 맘에 들어요. 샐리 맥브라이드만큼은 아니지만요. 아마 샐리만큼 좋아할 사람은 없을 거예요. 물론 아저씨는 빼고요. 전 언제나 아저씨를 가장 좋아할 거예요. 아저씬 제 가족을 몽땅 합친 분이니까요. 레오노라와 전 날씨가 화창할 때면 2학년 선배들과 함께 산책을 했어요. 짧은 치마와 니트 재킷, 운동모자 차림에 뭐든 쳐낼 수 있는 하키 스틱을 든 채 학교 주변을 탐색했죠. 한번은 시내까지 6킬로미터가 넘는 길을 걸어가 우리 학교 학생들이 주로 이용하는 레스토랑에 들어갔어요. 거기서 구운 가재(35센트)를 먹고, 디저트로 단풍나무시럽을 바른 케이크(15센트)를 먹었어요. 영양 만점에 가격도 쌌답니다.

얼마나 즐거웠는지 몰라요! 특히 저한테는 특별한 경험이었어요. 고아원에서의 생활과는 달라도 너무 달랐으니까요. 전 학교를 벗어날 때마다 탈옥수가 된 것 같은 기분에 젖곤 한답니다. 어쩌다 무심코 고아원 시절 이야기가 튀어나올 때가 있거든요. 물론 들통이 나기 전에 얼른 수습을 하긴 하죠. 친구들에게 말하지 못하는 것들이 있다는 게 너무 괴로워요. 전 원래 뭘 감추고 그런 성격이 아니거든요. 아저씨한테라도 말하지 못하면 전 아마 폭발해 버릴지도 몰라요.

지난주 금요일 저녁엔 당밀 사탕 파티가 열렸어요. 퍼거슨관의 사감 선생님이 방학 동안 기숙사에 남아 있는 학생들을 위해서 마련해 준 파티였죠. 1학년부터 4학년까지 총 스물두 명이 모였는데, 다들 마음이 잘 맞았답니다. 부엌이 얼마나 크던지, 돌벽에 구리 솥과 주전자가 쭉 걸려 있었는데, 그중에 가장 작은 냄비가 빨래 삶는 솥만 했다니까요. 퍼거슨관에 사는 학생이 사백 명이니 그럴 만도 하죠. 흰 모자와 앞치마 차림을 한 주방장이 흰 모자와 앞치마 스물두 개씩을 들고 나오셨어요. 그 많은 걸 대체 어디서 구했는지 모르겠어요. 그 덕분에 우린 모두 요리사로 변신했답니다.

결과물이 만족스럽진 않았지만, 정말 재미있었어요. 만들기가 끝나자 몸도, 부엌도, 문손잡이도 죄다 끈적거렸어요. 우리는 흰 모자와 앞치마를 그대로 입고 각자 커다란 포크나 스푼, 프라이팬을 든 채 텅 빈 복도를 지나 교수님과 강사님 대여섯 분이 조용히 저녁 시간을 보내고 있는 휴게실로 행진을 했답니다. 우리는 교가를 합창하며 당밀 사탕을 드렸지요. 선생님들은 고맙다며 받긴 하셨지만 뭔가 의심스러운 눈치였어요. 우리가 나올 때는 다들 커다란 당밀 사탕을 녹이느라 입이 끈적거려 말하기도 힘들어 하셨어요.

이틀만 지나면 방학도 끝나고 반가운 친구들을 다시 만나게 됩니다. 제가 있는 기숙사는 약간 쓸쓸해요. 사백 명의 학생을 위해 지은 건물에 아홉 명만 있다 보니 집이 너무 크다는 생각이 들어요.

편지를 열한 장이나 썼네요! 불쌍한 아저씨, 많이 피곤하시죠? 원래는 짧은 감사 편지를 쓰려고 했는데, 막상 쓰기 시작하면 펜을 멈출 수가 없다니까요.

안녕히 계세요. 절 생각해 주셔서 감사합니다. 전 지금 말할 수 없이 행복해요. 지평선 위에 뜬 작은 먹구름 하나만 빼면 말이죠. 2월에 시험이 있거든요.

사랑을 담아서
주디

추신: 혹시 '사랑을 담아서'라는 표현이 적절치 않은가요? 그렇다면 용서해 주세요. 하지만 누군가를 간절히 사랑하고 싶은데, 선택 대상이 아저씨와 리펫 원장님뿐이에요. 그러니까 아저씨가 참아 주셔야 해요. 왜냐하면 전 리펫 원장님은 도저히 사랑할 수가 없거든요.

시험 전날 밤에
키다리 아저씨께
우리 학교 학생들이 얼마나 열심히 공부하는지 아저씨도 보셔야 해요! 언제 방학이 있었나 싶을 정도라니까요. 전 지난 나흘 동안 불규칙 동사 57개를 머릿속에 집어넣었습니다. 시험이 끝나고 나서도 그 동사들이 제 머릿속에 남아 있길 바랄 뿐이에요.

어떤 아이들은 다 배운 교재를 내다 팔기도 한다지만, 전 간직할 생각이에요. 그리고 졸업한 다음에는 제가 공부한 책들을 책장에 일렬로 꽂아 두고, 참고할 일이 있을 때마다 주저 없이 펼쳐 볼 거예요. 전부 기억하려 애쓰는 것보다는 그편이 훨씬 쉽고 정확할 테니까요.

오늘 저녁에 줄리아 펜들턴이 제 방에 놀러 와서는 꼬박 한 시간을 떠들다 갔어요. 집안 이야기를 시작했는데 도저히 막을 수가 없었거든요. 줄리아는 제 어머니의 처녀 시절 성을 알고 싶어 했어요. 고아원에서 자란 사람한테 그런 무례한 질문이 어디 있을까요? 전 모른다고 말할 자신이 없어서 생각나는 대로 말해 버렸는데, 그게 몽고메리였어요. 그랬더니 매사추세츠 몽고메리 가문인지, 버지니아 몽고메리 가문인지 또 묻는 거예요.

줄리아 어머니의 처녀 시절 성은 러더퍼드였대요. 그 가문은 노아의 방주 시대에서 시작하는데, 헨리 8세와도 사돈 관계였다죠. 그리고 아버지 쪽은 아담이 살던 때보다 훨씬 옛날로 거슬러 올라간대요. 아마 줄리아네 족보 맨 꼭대기에는 부드러운 털에 꼬리가 유난히 긴 거만한 원숭이들이 차지하고 있겠죠.

오늘 밤엔 유쾌하고 밝고 재미있는 편지를 쓰려고 했는데, 잠이 너무 쏟아지네요. 내일 시험을 치를 생각을 하니 겁도 좀 나고요. 신입생의 운명은 전혀 행복하지가 않네요.

시험을 코앞에 둔
주디 애벗 올림

일요일
친애하는 키다리 아저씨께
아주 끔찍한 소식이 있긴 하지만 그건 나중으로 미뤄 둘래요. 먼저 즐거운 소식으로 아저씨 기분을 좋게 해드릴게요.

제루샤 애벗이 드디어 작가의 길로 들어섰습니다. 「기숙사에서」란 제목의 시가 교내 잡지인 《먼슬리》 2월 호에 실렸거든요. 그것도 1면에 말이에요. 신입생으로선 큰 영광이랍니다. 어젯밤 예배를 마치고 나오는 길에 국어 교수님이 절 부르시더니, 각운이 너무 많은 6행을 제외하면 아주 멋진 작품이라고 하셨어요. 아저씨도 읽어 보시고 싶을지 모르니 복사본을 보내 드리겠습니다.

또 무슨 즐거운 소식이 있을까……. 아, 맞다! 요즘 스케이트를 배우고 있는데 혼자서도 제법 잘 타요. 체육관 천장에 매달아 놓은 밧줄을 타고 내려오는 법도 배웠고, 높이뛰기도 1미터 7센티미터까지 뛸 수 있답니다. 조만간 1미터 20센티미터로 올리는 게 목표예요.

오늘 아침엔 앨라배마에서 오신 주교님이 아주 감동적인 설교를 해주셨어요. '비판받고 싶지 않으면 남을 비판하지 말라'는 게 주제였죠. 타인의 잘못을 너그럽게 용서해 주고, 지나친 비판으로 상대방의 기를 꺾어서는 안 된다는 내용이었어요. 아저씨도 들으셨으면 좋았을 텐데.

올겨울 들어 이렇게 화창하고 눈부신 오후는 없었던 것 같아요. 전나무에 매달린 고드름이 녹아내리고, 온 세상이 눈의 무게로 휘청거려요. 저만 빼고 말이죠. 전 지금 슬픔의 무게로 휘청거리고 있거든요.

이제 그 소식을 말할 차례가 됐네요. '용기를 내, 주디!'라고 말씀해 주세요.

아저씨, 지금 기분 좋으신 거 맞죠? 이번에 수학과 라틴어 산문 과목에서 낙제를 했어요. 그래서 개인 교습을 받고 있고, 다음 달에 재시험을 볼 예정이에요. 실망하셨다면 죄송해요. 하지만 아저씨만 괜찮으면 전 아무렇지 않아요. 교과 과정에 없는 것들을 아주 많이 배웠거든요. 소설도 열일곱 편이나 읽었고, 시도 엄청 많이 읽었어요. 『허영의 시장』과 『리차드 피버럴』, 『이상한 나라의 앨리스』 같은 필독서는 말할 것도 없고요. 에머슨의 『에

세이』와 록하트의『월터 스콧 경의 생애』, 에드워드 기번의『로마제국 쇠망사』1권과 벤베누토 첼리니의『자서전』도 반이나 읽었어요. 그런데 첼리니라는 사람, 웃기지 않아요? 아침 식사 전에 어슬렁거리며 산책을 나가선 그냥 사람을 죽이곤 했대요.

보세요, 아저씨. 라틴어만 붙잡고 있었던 것보다 훨씬 많은 걸 알게 됐잖아요. 앞으로 다시는 낙제하지 않겠다고 약속드릴 테니 이번 한 번만 용서해 주실래요?

참회 중인
주디 올림

키다리 아저씨께

오늘 밤은 왠지 모르게 너무 외로워서 이렇게 중간 편지를 또 써요. 폭풍이 심하게 몰아치네요. 눈발이 기숙사 건물을 마구 때리고 있어요. 교정의 불빛은 모두 꺼졌지만, 전 블랙커피를 마신 탓인지 잠이 오지 않네요.

오늘 저녁에 샐리와 줄리아, 레오노라 펜튼을 초대해 파티를 열었어요. 정어리와 구운 머핀과 샐러드, 퍼지(설탕·버터·우유·초콜릿으로 만든 물렁한 캔디: 옮긴이)와 커피를 내놓았죠. 줄리

아는 즐거웠다는 말만 남기고 가버렸지만, 샐리는 남아서 설거지를 거들었어요.

오늘 밤에는 라틴어를 공부하며 시간을 유용하게 보낼까 했는데, 아무래도 영 내키질 않네요.

아저씨, 잠깐만 제 할머니인 척해 주실래요? 샐리는 할머니가 한 분이고, 줄리아와 레오노라는 두 분이나 있다며 할머니 자랑이 이만저만이 아니었거든요. 저한테도 그런 할머니가 계시면 얼마나 좋을까, 하는 생각밖에 안 나요. 그러니까 그렇게 불쾌하지 않으시다면……. 어제 시내에 갔다가 연보랏빛 리본이 달린 아주 예쁜 레이스 모자를 봐두었거든요. 전 그 모자를 할머니의 여든세 번째 생신 선물로 드릴 생각이랍니다.

! ! ! ! ! ! ! ! ! ! ! !

이건 교회 시계가 열두 시를 알리는 소리예요. 이제야 졸음이 밀려오네요.

안녕히 주무세요, 할머니. 정말 사랑해요.

주디 올림

3월 15일

친애하는 키다리 아저씨께

라틴어 산문 작문법을 공부하고 있어요. 지금껏 공부해 왔고 앞으로도 공부할 각오랍니다. 시험이 다음 주 화요일 7교시에 있거든요. 합격 아니면 낙제, 둘 중 하나겠지요. 그러니까 아저씨는 다음 편지에서 재시험으로부터 해방된 온전하고 행복한 저를 만나거나, 산산조각 나 부서진 저를 만날 거라 보시면 됩니다.

시험이 끝나면 제대로 된 편지를 쓸게요. 오늘 밤에는 탈격 독립어구를 물고 늘어져야 해서요.

발등에 불 떨어진
J. A. 올림

3월 26일

키다리 아저씨 스미스 씨께

아저씨께서는 제 질문에 한 번도 답을 안 해주셨습니다. 제가 하는 일에 어떤 관심도 보여 주지 않으셨지요. 아저씨는 까칠한 평의원들 중에서 가장 까칠한 분이실 겁니다. 아저씨는 눈곱만큼이라도 저를 염려해서가 아니라 의무감 때문에 절 교육시키고 계십니다.

저는 아저씨에 대해 아는 게 하나도 없습니다. 성함조차도 모르지요. 전혀 모르는 사람에게 편지를 쓰자니 그야말로 진이 빠집니다. 아저씨가 제 편지를 읽지도 않고 쓰레기통에 던져 버린다고 밖에는 생각되지 않습니다. 앞으로는 학업에 대해서만 편지를 쓰겠습니다.

지난주에 라틴어와 기하학 재시험을 치렀습니다. 두 과목 다 합격했고, 전 자유로운 몸이 되었습니다.

아저씨의 진실한

제루샤 애벗 올림

4월 2일

키다리 아저씨께

전 정말 못된 아이예요.

지난주에 보낸 끔찍한 편지는 제발 잊어 주세요. 그날 밤 전 너무 외롭고 비참한 데다 목까지 아팠거든요. 당시엔 몰랐는데, 편도선염에다 유행성 독감까지 온갖 잡다한 병에 걸릴 징조였

지 뭐예요. 전 지금 진료소에 있고, 입원한 지 일주일이 되어 가네요. 오늘 처음으로 일어나 앉아 편지를 써도 된다는 허락을 받았답니다. 수간호사가 얼마나 떽떽거리는지 몰라요. 하지만 그보다 며칠 전에 보낸 버릇없는 편지 생각이 도무지 떠나지 않아서 아저씨가 용서하실 때까진 병이 낫지 않을 것 같아요.

　붕대로 머리를 감싸 토끼 귀처럼 묶었어요. 동정심이 마구 생기지 않나요? 혀밑샘도 부었어요. 일 년 내내 생리학을 공부하고 있는데, 혀밑샘이라는 소린 이번에 처음 들었답니다. 교육이 이리도 쓸모없는 것이라니!

　더 이상 못 쓰겠어요. 너무 오래 앉아 있었는지 몸이 후들거리네요. 은혜도 모르고 무례하게 굴었던 절 용서하세요. 너무 본데없이 자라 그런가 봐요.

　　　　　　　　　　　　　　　　　　사랑을 담아
　　　　　　　　　　　　　　　　　　주디 애벗 올림

4월 4일
친애하는 키다리 아저씨께
어제저녁 어둑해질 무렵, 전 침대에 앉아 비 오는 창밖을 내다보며 단조로운 병원 생활에 진저리를 치고 있었어요. 그때 간호사가 길고 하얀 상자를 제게 건넸어요. 상자 안에는 눈부시게 아름다운 분홍 장미가 한가득 들어 있었어요. 더욱 근사한 건, 약간 끝이 올라가면서 왼쪽으로 기울어진 재미난 필체(하지만 아주 개성이 돋보이는)로 쓴 아주 정중한 내용이 담긴 카드였어요. 아저씨, 정말 말할 수 없이 감사합니다. 아저씨가 보내 주신 꽃은 제가 태어나서 처음 받은 진실하고 참된 선물이에요. 제가 얼마나 어린애처럼 굴었는지 아세요? 너무 행복한 나머지 침대에 엎드려 엉엉 울음을 터뜨렸답니다.

이제 아저씨가 제 편지를 읽는다는 사실을 알았으니 앞으로 더 재미있게 쓰도록 노력할게요. 빨간 테이프로 묶어 금고 속에 간직할 정도가 되게 말이에요. 하지만 부디 지난번에 보낸 그 끔찍한 편지는 꺼내 태워 버리세요. 아저씨가 그 편지를 다시 읽을지도 모른다는 생각은 하기조차 싫어요.

무진장 아프고, 우울하고, 비참했던 마음을 환하게 바꿔 주셔서 감사합니다. 아저씨는 사랑하는 가족과 친구분들이 많으실 테니, 혼자라는 게 어떤 기분인지 모르실 거예요. 하지만 전 너무도 잘 알아요.

안녕히 계세요. 앞으로 다시는 못되게 굴지 않겠다고 약속드리겠습니다. 이젠 아저씨의 존재를 확실히 알게 되었으니까요. 더 이상 성가시게 질문하지 않겠다는 약속도 드립니다.

그런데 아저씨는 아직도 여자아이들이 싫으세요?

아저씨의 영원한
주디 올림

월요일

사랑하는 키다리 아저씨께

설마 두꺼비를 깔고 앉았던 평의원님이 아저씨는 아니시겠죠? 제가 듣기론 두꺼비가 뻥! 하는 소리를 내며 터졌다고 하니까, 아마 훨씬 더 뚱뚱한 분이셨을 거예요.

존 그리어 고아원 세탁실 창 옆에 창살로 덮여 있던 작은 구멍들 기억나세요? 봄마다 두꺼비 철이 오면 우리는 두꺼비를 잡아 그 창가 구멍 속에 집어넣었어요. 가끔씩 두꺼비들이 세탁실로 쏟아져 들어가는 바람에 세탁하는 날, 한바탕 유쾌한 소동이 벌어지곤 했었죠. 원장님한테 죽도록 혼이 나긴 했지만, 아무리 그래도 두꺼비 채집을 막을 수는 없었어요.

자세히 이야기해서 지루하게 하진 않을게요. 어쨌든 그러던 어느 날, 제일 뚱뚱하고 크고 윤기도 좔좔 흐르는 두꺼비 한 마리가 평의원 응접실에 있는 커다란 가죽 안락의자 위에 올라간 거예요. 그리고 그날 오후 평의원 회의에서 그만……. 아저씨께서도 그 자리에 계셨을 테니, 나머지는 말씀 안 드려도 아시겠죠?

차분히 당시를 돌아보면 우리가 벌받을 짓을 한 것도 맞고, 제 기억이 정확하다면 벌도 받을 만큼 받았다 싶어요.

제가 왜 이렇게 추억에 빠져드는지는 모르겠지만, 봄이 오고 두꺼비들이 다시 나타나면 항상 오래된 채집 본능이 깨어나곤 한답니다. 그럼에도 제가 두꺼비를 잡으러 나서지 않는 이유는 단 한 가지, 그래선 안 된다는 규칙이 없기 때문이에요.

목요일

아저씨 생각엔 제가 어떤 책을 좋아할 것 같으세요? 그러니까 지금 현재를 말씀드리는 거예요. 요즘 저는 좋아하는 책이 사흘에 한 번씩 바뀌거든요. 지금 가장 좋아하는 책은 『폭풍의 언덕』입니다. 아주 젊은 나이에 그 책을 쓴 에밀리 브론테는 하워스 교회 뜰 밖으로는 한 번도 나가 본 적이 없었대요. 평생 남자의 '남'자도 모르고 살았고요. 그런데 어떻게 히스클리프 같은 남자를 상상해 낼 수 있었을까요?

저라면 못했을 거예요. 제 나이도 그만큼 어리고, 존 그리어 고아원 바깥을 나가 본 적이 없는 것도 사실이지만, 그래도 전 세상을 알 기회는 있었죠. 어느 땐 제가 천재가 아니라는 끔찍한 두려움에 사로잡히곤 해요. 혹시 제가 훌륭한 작가가 되지 못하면 아저씨는 크게 실망하실 건가요? 만물이 초록으로 물들며 아름답게 싹트는 봄이 되니 수업을 빼먹고 달려 나가 봄날을 마냥 즐기고 싶은 기분입니다. 들판은 지금 신기한 볼거리로 넘쳐 난다고요! 책을 쓰는 것보다는 책 속에 파묻혀 사는 게 훨씬 신나는 일이잖아요.

까악!!!!

제 비명 소리에 샐리와 줄리아, 그리고 복도 건너편에 있던 4학년 선배까지 제 방으로 달려왔어요. 이게 다 이렇게 생긴 지네 때문이에요.

제가 그린 그림보다 실제로 보면 더 끔찍해요. 마지막 문장을 쓰고 다음 말을 생각하고 있는데, 갑자기 지네가 천장에서 툭! 제 옆으로 떨어진 거예요. 피하려다가 찻상에 있던 컵 두 개를 엎어 버렸어요. 샐리가 제 머리빗으로 지네를 세게 내려치는 바람에 이제 그 빗은 두 번 다시 못 쓰게 됐어요. 지네는 앞부분은 죽었는데, 뒤쪽 다리들은 살아서 서랍장 밑으로 달아나 버렸답니다.

기숙사 건물이 워낙 오래된 데다 담쟁이덩굴까지 휘감고 있으니 지네가 우글우글해요. 진짜 징그러운 곤충이에요. 차라리 침대 밑에서 호랑이가 튀어나오는 게 낫겠어요.

금요일 밤

엉망진창인 날이었어요! 아침부터 기상 종소리를 못 듣질 않나, 급하게 옷을 입다가 구두끈을 끊어 먹질 않나, 칼라 단추가 떨어져 옷 속으로 들어가질 않나. 아침 식사에도 늦었고, 첫 수업에도 지각을 했어요. 압지를 가져가는 것도 잊었고, 만년필까지 속을 썩여서 잉크가 샜죠. 삼각법 시간에는 대수에 관한 작은 문제로 교수님과 마찰이 있었어요. 그런데 나중에 찾아보니 교수님 말씀이 옳더군요. 점심은 양고기 스튜가 나왔는데, 제가 무지 싫어하는 요리예요. 고아원에서 먹던 맛이 나거든요. 또 우편함 안에는 청구서뿐이었어요.(물론 그 외에는 받아 본 적이 없긴 하지만 말이에요. 제 가족은 원래 편지 같은 걸 쓰는 사람이 아니니까요.) 오늘 오후 국어 시간에는 뜬금없이 작문 수업을 했어요. 내용은 이랬죠.

나는 다른 것은 요구하지 않았고,
아무것도 거절당하지 않았다.
그 대신 목숨을 내놓겠다고 말했다.
막강한 상인은 미소 지었네.

브라질? 그는 단추를 만지작거렸다.
내 쪽은 쳐다보지도 않고.
하지만 부인, 더는 없나요?
오늘 우리가 보여 줄 것이.

이게 시라네요. 누가 썼는지, 무슨 의미인지도 모르겠어요. 강의실에 도착하니 이런 글이 칠판에 적혀 있었고, 교수님께서 이 시에 대한 소감을 적으라고 하셨죠. 전 1연을 읽고는 막강한 상인이 선한 행동에 대한 보답으로 축복을 내리는 신을 의미한다고 생각했다가, 2연에서 상인이 단추를 만지작거리는 부분에 이르자 제 추측이 신을 모독하는 것 같아 얼른 생각을 바꿨어요. 다른 아이들도 난감해하긴 마찬가지였어요. 우리는 수업 시간 4분의 3이 다 가도록 텅 빈 종이를 앞에 두고, 역시나 텅 빈

머리로 앉아 있었답니다. 배움의 길은 정말이지 고단하기 그지 없는 여정이에요!

하지만 이게 다가 아니랍니다. 더 나쁜 일들이 있었거든요.

오늘은 비 때문에 밖에서 골프 수업을 할 수가 없어 체육관에서 해야 했어요. 그런데 제 옆에 있던 아이가 곤봉으로 제 팔꿈치를 후려치고 만 거예요. 가라앉은 기분으로 기숙사에 돌아와 보니 봄에 입을 파란색 새 드레스가 든 상자가 와 있었는데, 치마가 너무 꽉 껴서 앉을 수가 없었죠. 그리고 금요일은 청소하는 날이라 청소부가 제 책상 위에 있던 종이들을 마구 뒤섞어 놓았더군요. 게다가 저녁 디저트는 묘비를 씹는 것처럼 형편없었답니다.(바닐라로 향을 내고 우유를 젤라틴으로 응고시킨 끔찍한 음식이었어요.) 또 예배 시간엔 여자다운 여자에 대한 연설을 듣느라 평소보다 몇 배는 지루했답니다. 겨우 한숨을 돌리고 자리에 앉아 『여인의 초상』을 펼치기가 무섭게, 라틴어 시간에 성이 A로 시작한다는 이유로 제 짝이 된(리펫 원장님이 제 성을 Z로 시작하는 재브리스키라고 지었으면 좋을 뻔했어요.) 얼굴이 푸석푸석하고 따분하고 멍청하기 그지없는 애컬리란 아이가 월요일 수업이 69문단부터인지 70문단부터인지 물으러 와서는 무려 한 시간이나 눌러앉아 있었어요. 방금 전에 갔다니까요.

맥 빠지는 일이 이렇게 줄줄이 일어나는 하루를 경험해 본 적 있으세요? 큰 시련이 닥쳤을 때만 인격이 필요한 게 아니에요.

위기에 대처하거나, 치명적인 비극에 맞서는 건 누구나 할 수 있지만, 그날그날의 사소한 불운들을 웃음으로 넘기는 일은 '정신력'이 없으면 불가능하답니다.

제가 키워 나가야 할 게 바로 이런 종류의 인격이에요. 저는 인생을 요령 있고 공정하게 헤쳐 나가야 하는 놀이로 생각할 거예요. 놀이에서 지더라도 그냥 어깨를 으쓱하며 웃어넘길 거예요. 이겨도 마찬가지고요.

아무튼 전 유쾌한 사람이 될래요. 그러니까 앞으로 줄리아가 실크 스타킹을 신는다느니, 천장에서 지네가 떨어졌다느니 하는 불평은 다시는 못 들으실 거예요.

아저씨의 한결같은

주디 올림

조속히 답장 바람.

5월 27일

키다리 아저씨 귀하

친애하는 아저씨, 리펫 원장님으로부터 편지를 받았습니다.

원장님은 제가 행동거지를 바르게 하고 학업에 정진하길 바라십니다. 그리고 여름 방학 동안 갈 데가 없을 테니, 개강할 때까지 고아원으로 돌아와 숙박비 대신 일을 하며 지내도 좋다고 하시는군요.

전 존 그리어 고아원이 싫어요.

고아원으로 돌아가느니 차라리 죽는 게 나아요.

아저씨의 진실한
제루샤 애벗 올림

키다리 아저씨께

아저씨는 구세주세요! 농장에 대해 말씀해 주셔서 얼마나 기쁜지요. 전 농장엔 한 번도 가본 적이 없고, 존 그리어 고아원으로 돌아가 설거지하는 건 정말 싫거든요. 다시 그곳에 가면 사고를 칠 위험이 있는 데다 예전의 겸손함을 잊어버린 저로선 어느 날 갑자기 폭발해서 고아원에 있는 컵이며 접시를 산산조각 낼지도 모른다고요.

짧게 써서 죄송해요. 프랑스어 시간이라시 더 이상 편지를 계속 쓸 수가 없어요. 금방이라도 교수님이 제게 질문을 하실 것 같아서요.

　정말로 부르셨어요!

　안녕히 계세요.

　　　　　　　　　　　　아저씨를 사랑하는 주디 올림

5월 30일

키다리 아저씨께

　저희 학교 교정을 보신 적이 있나요? (그냥 수사적인 질문일 뿐
이니, 신경 쓰지 마세요.) 5월에는 천국이 따로 없답니다. 나무마다
꽃이 피고 연초록 잎이 돋아 더없이 아름다워요. 오래된 소나무
조차 싱그럽고 새롭게 보일 정도죠. 잔디밭에는 노란 민들레가
가득 피고, 교정에는 파란색, 흰색, 분홍색 옷을 입은 여학생들
로 가득해요. 모두들 시험은 안중에도 없고, 다가올 방학 생각
에 그저 즐겁고 태평한 표정들이에요.

　이런 풍경 속에 있으면 누구나 행복한 기분이 들겠죠? 그래도
가장 행복한 사람은 바로 저랍니다! 왜냐면 전 이제 더 이상 고
아원에 있지 않으니까요.　더 이상 아이들을 돌볼 필요도, 타이
프를 칠 필요도, 장부를 적을 필요도 없어요. 물론 아저씨가 아

니었다면 그래야 했겠지만 말이죠.

지금 저는 과거의 모든 잘못을 반성합니다.

리펫 원장님께 무례하게 굴었던 것도 반성합니다.

프레디 퍼킨스를 손바닥으로 때린 것을 반성합니다.

설탕 통을 소금으로 가득 채웠던 일도 반성합니다.

평의원들의 등 뒤에서 인상을 찌푸렸던 것도 반성합니다.

전 충분히 행복한 사람이니까 앞으로는 착하고 상냥하고 모두에게 친절한 사람이 되겠습니다. 또 올여름에는 훌륭한 작가가 되기 위해 열심히 쓰고 또 쓰겠습니다. 제 포부가 너무 큰가요? 아, 성격 좋은 사람이 되기 위해서도 노력하고 있어요. 좋은 성격은 추위나 서리에 상처받으면 풀이 죽기도 하지만 따뜻한 햇살을 만나면 쑥쑥 자라난답니다. 그건 누구나 마찬가질 거예요. 저는 역경과 슬픔과 좌절이 정신력을 강하게 한다는 주장에 반대해요. 자신이 행복해야 비로소 상대방에게 친절도 베풀 수 있는 법이거든요. 전 염세주의자들을 믿지 않아요.(멋진 말이죠! 방금 배웠어요.) 아저씬 염세주의자가 아니시죠, 그렇죠?

교정에 대해 이야기하다가 말았네요. 아저씨가 학교에 잠시 들르셔서 제가 여기저기 안내해 드릴 수 있다면 얼마나 좋을까요.

"저기가 도서관이에요. 여긴 가스 설비실이고요. 왼편에 보이는 고딕 건물은 체육관이고, 그 옆에 있는 튜더 로마네스크풍 건물은 새로 지은 진료소랍니다."

하고 말이에요. 아, 제가 안내를 곧잘 하거든요. 고아원에서 쭉 하던 일인 데다 여기서도 온종일 안내를 한 적이 있답니다. 정말이에요.

그것도 남자를 말이죠!

아주 근사한 경험이었어요. 전 한 번도 남자랑 이야기해 본 적이 없었거든요. (이따금 평의원님들과 나눈 이야기는 빼놓고요. 그분들을 남자로 보긴 어렵죠.) 용서해 주세요. 평의원님들을 모욕해서 아저씨의 기분을 상하게 하려던 건 아니에요. 아저씨는 그분들과는 정말 다르시니까요. 아저씨는 그냥 어쩌다 평의원이 되셨을 거예요. 평의원들이란 원래 뚱뚱하고 거들먹거리면서 자선을 베푸는 사람들이거든요. 금시곗줄을 늘어뜨린 채 고아들의 머리를 쓰다듬는 그런 사람들 말이죠.

그럼 다시 본론으로 돌아갈게요. 전 어떤 남자와 함께 걷고 대화하고 차도 마셨어요. 그것도 아주 지체 높은 남자와 말이죠. 줄리아네 집안의 저비스 펜들턴 씨라고, 짧게 말하면 줄리아의 삼촌이에요. ('길게 말하자면' 그분도 아저씨만큼이나 키가 커요.) 사업차 여기 오셨다가 조카를 보러 학교에 들른 거래요. 줄리아 아버지의 막냇동생이지만, 줄리아 말로는 삼촌과 그리 친한 사이는 아니래요. 줄리아가 아기 때 잠깐 얼굴을 봤다는데, 조카가 마음에 들지 않았는지 그 뒤로는 신경도 안 쓰고 살았던 모양이에요.

아무튼 그분은 응접실에서 모자와 지팡이와 장갑을 옆에 놓고 아주 품위 있게 앉아 계셨어요. 줄리아와 샐리는 7교시 수업을 빠질 수가 없었어요. 그래서 줄리아가 제 방으로 달려와서는 삼촌에게 교정 안내를 해주고 7교시 수업이 끝날 즈음에 모시고 와달라고 부탁했어요. 전 예의상 그러겠다고는 했지만, 펜들턴 집안사람들을 그다지 좋아하는 편이 아니라서 심드렁했지요.

그런데 막상 만나 보니 아주 다정한 분이셨어요. 펜들턴 집안과는 전혀 거리가 먼, 진짜 인간적인 분이셨죠. 우리는 즐거운 시간을 보냈어요. 그분이 돌아가신 뒤, 저한테도 삼촌이 있었으면 하고 얼마나 바랐는지 몰라요. 아저씨가 삼촌이 되어 주시면 안 될까요? 할머니보다는 그편이 낫지 않을까 싶은데요.

펜들턴 씨를 보면서 젊은 시절의 아저씨 모습을 떠올렸어요. 한 번도 만난 적은 없지만 그런 느낌이 들었어요.

펜들턴 씨는 키가 크고 호리호리한 데다 거무스름한 얼굴에 주름이 많고, 희한하게 입가에 주름만 잡힐 뿐 웃는 건지 무표정한 건지 알 수 없는 흥미로운 분이세요. 아주 오래전부터 알았던 사람처럼 편안하게 대해 주셨답니다. 함께 있으면 아주 즐거운 분이시죠.

우리는 안뜰에서 운동장까지 교정 여기저기를 함께 거닐었어요. 펜들턴 씨는 피곤하다며 차를 마시자고 하셨어요. 학교 앞 소나무 길에 있는 '칼리지 인'으로 가자고 하셨죠. 줄리아와 샐리에게 돌아가야 한다고 말씀드렸지만, 조카가 차를 너무 많이 마시는 건 싫다고 하시더군요. 차를 마시면 신경이 예민해진다면서요. 그래서 우리끼리만 살짝 나가서 발코니에 있는 작고 예쁜 테이블에 앉아 차도 마시고, 머핀과 마멀레이드와 아이스크림과 케이크도 먹었어요. 마침 월말이라 다들 용돈이 바닥날 때가 되어서인지 가게 안이 한산해서 아주 좋았답니다.

얼마나 즐거운 시간을 보냈는지 몰라요! 하지만 펜들턴 씨는 기차 시간에 쫓겨 학교로 돌아오자마자 줄리아 얼굴만 겨우 보고 가셔야 했지요. 줄리아는 제가 삼촌을 밖으로 빼돌렸다며 길길이 날뛰었어요. 삼촌이 엄청난 부자에다 인기도 좋은가 보더라고요. 찻값에다 이것저것 다 합한 가격이 일 인당 60센트나 들었는데, 그분이 부자라는 걸 알고 마음이 놓였답니다.

오늘 아침(오늘은 월요일이에요.) 줄리아와 샐리와 제 앞으로 초콜릿 세 상자가 속달로 배달되어 왔어요. 어떻게 생각하세요? 남자한테 초콜릿을 선물 받다니요!

고아가 아닌 평범한 여자아이가 된 기분이 들었답니다.

다음엔 아저씨도 우리 학교에 오셔서 함께 차도 마시고, 제가 아저씨를 좋아할지 어떨지 확인해 볼 기회도 주셨으면 좋겠어요. 그런데 혹시라도 아저씨가 제 마음에 들지 않으면 어쩌죠? 하지만 전 그런 일은 없을 거라고 자신해요.

아저씨께 안부를 전합니다.

"결코 아저씨를 잊지 않을 거예요."

주디 올림

추신: 오늘 아침에 거울을 보다가 전에 없던 보조개를 발견했어요. 정말 신기해요. 대체 어떻게 생겨났을까요?

6월 9일

키다리 아저씨께

행복한 날이에요! 방금 마지막 시험인 생리학 시험이 끝났답니다. 그리고 이제 농장에서 즐거운 석 달을 보낼 일만 남았어요! 전 농장이 어떤 곳인지 잘 몰라요. 평생 한 번도 가보지 못했으니까요. 본 적조차도 없지만(차창 밖으로 본 건 빼고요.) 농장 생활이 제 마음에 들 거라고 믿어요. 그곳에서 마음껏 자유를 즐길 생각이랍니다.

전 아직도 존 그리어 고아원을 나왔다는 사실이 믿어지지가 않아요. 고아원을 생각할 때마다 오싹한 기운이 등줄기를 타고 내려오곤 해요. 리펫 원장님이 제 덜미를 잡으려고 팔을 뻗은 채 쫓아오지나 않나 싶어 계속 어깨 너머를 돌아보면서 빨리,

더 빨리 달아나야 할 것 같은 기분이 듭니다.

이번 여름에는 아무도 신경 쓰지 않아도 되겠죠, 그죠?

아저씨의 권위야 존재감이 없으니 조금도 신경 쓰이지 않아요. 워낙 멀리 계셔서 절 어쩌지 못하실 테니까요. 리펫 원장님은 저한테는 영원히 죽은 사람이고, 샘플 씨 내외도 제 정신 건강을 해치진 못할 거예요. 그렇겠죠? 네, 그렇고말고요. 저도 이제 엄연히 어른인걸요. 야호!

이제 여행 가방도 싸고, 찻주전자며 접시며 소파 쿠션이며 책을 상자 세 개에 정리해 담아야겠어요.

아저씨의 영원한

주디 올림

추신: 생리학 시험지를 함께 보냅니다. 아저씨라면 합격했을 것 같으세요?

 **록 윌로우 농장에서**

토요일 밤

친애하는 키다리 아저씨께

방금 도착해서 아직 짐도 풀기 전이지만, 농장이 얼마나 마음에 드는지 말하지 않고는 못 배기겠어요. 여긴 정말이지 천국같은, 아니 그야말로 천국이에요! 집은 네모나게 생겼어요.

그리고 꽤나 오래된 것 같아요. 한 백 년쯤 되어 보인다니까요. 그림에는 보이지 않지만 옆쪽에 베란다가 있고 앞에는 예쁜 현관이 있습니다. 정말이지 그림으로는 제대로 표현이 안 되네요. 깃털로 만든 먼지떨이처럼 보이는 것들은 단풍나무고요, 길가에 서있는 뾰족하게 생긴 것들은 소나무와 솔송나무예요. 집은 언덕 위에 있고, 저 멀리 다른 언덕까지 푸른 초원이 아득히 펼쳐진답니다.

이렇게 물결치듯 언덕들이 이어진 풍경이 코네티컷 주의 특징이에요. 록 윌로우 농장은 그중 한 마루를 차지하고 있죠. 예전에는 헛간이 길 건너편에 있어서 전망을 막았다는데, 고맙게도 하늘에서 번개가 내리쳐 다 타버렸대요.

농장에는 샘플 씨 내외와 일하는 여자아이 하나, 남자 일꾼 둘이 살아요. 일하는 사람들은 부엌에서, 샘플 씨 부부와 전 식당에서 식사를 합니다. 우리는 저녁으로 햄과 달걀, 비스킷, 꿀, 젤리 케이크, 파이, 피클, 치즈를 먹고 차를 마시며 이야기꽃을 피웠어요. 제가 다른 사람들을 즐겁게 해줄 수 있다는 사실을 태어나서 처음 알았어요. 제가 무슨 말을 하든 재미있나 봐요. 시골에는 한 번도 온 적이 없다 보니 아무것도 모르는 제가 하는 질문들이 우스웠겠죠.

X 표시한 방은 살인 사건 현장이 아니라 제가 묵는 방이랍니다. 크고 네모난 빈 방인데, 고풍스럽고 멋진 가구와 함께 막대기를 받쳐 올려야 하는 창문과 건드리면 떨어질 것 같은 금박 장식을 한 초록색 차양이 있어요. 또 네모나고 큼직한 마호가니 탁자도 있지요. 전 이 탁자 위에 팔꿈치를 얹고 앉아 소설을 쓰며 여름을 보낼 생각입니다.

가슴이 터질 것 같아요! 여기저기 쏘다니고 싶어서 동이 틀 때까지 못 기다리겠어요. 아직 잠들기엔 이른 시간이지만 촛불을 끄고 잠자리에 들려고 합니다. 여기서는 다들 다섯 시에 일어나

거든요. 살면서 이렇게 신나 본 적 있으세요? 여기 있는 주디가 저라니 믿기지가 않아요. 아저씨와 자비로운 하느님께서 저한테 이렇게 과분한 선물을 주시다니, 은혜를 갚으려면 아주아주 훌륭한 사람이 되어야겠어요. 꼭 그럴 거예요. 두고 보세요.

　안녕히 주무세요.

주디 올림

　추신: 개구리가 노래하고 새끼 돼지들이 꽥꽥거리는 소리를

들어 보셔야 해요. 또 초승달도 보셔야 하고요! 전 오른쪽 어깨 너머로 달을 보았답니다.(오른쪽 어깨 너머로 초승달을 보며 소원을 빌면 이루어진다고 함: 옮긴이)

7월 12일

키다리 아저씨께

아저씨 비서는 록 윌로우 농장을 어떻게 알았을까요? (이건 수사적인 질문이 아니에요. 진짜 궁금해서 여쭤 보는 거랍니다.) 들어 보세요. 예전에는 이 농장 주인이 저비스 펜들턴 씨였는데, 그분의 유모였던 샘플 부인이 물려받은 거래요. 정말 기막힌 우연이죠? 샘플 부인은 지금도 '저비 도련님'이라 부르며, 어린 시절에 그분이 얼마나 귀여웠는지 이야기해 주시곤 한답니다.

부인은 제가 저비스 씨와 친분이 있다는 사실을 알고 나더니 절 보는 눈이 확 달라졌어요. 록 윌로우 농장에서는 펜들턴 집안사람을 안다는 사실만으로도 굉장한 대접을 받을 수 있답니다. 더구나 저비 도련님은 펜들턴 가문에서도 최상급에 해당하니까요. 줄리아는 저비 도련님과 비교할 수도 없는 하급이라는 걸 말씀드릴 수 있어 기쁘네요.

농장 생활은 갈수록 재미있어요. 어제는 건초 마차를 탔답니다. 커다란 돼지 세 마리와 새끼 돼지 아홉 마리가 있는데, 그놈들이 먹는 모습을 한번 보셔야 해요. 정말 돼지는 돼지예요! 병아리, 오리, 칠면조, 뿔닭들도 많이 있어요. 농장에서 살 수 있는데도 굳이 도시에 나가서 사는 사람은 어딘가 잘못된 사람이 분명해요.

날마다 달걀을 거둬 오는 게 제 일이랍니다. 그런데 어제는 제가 검은 암탉이 알을 숨겨 놓은 둥지로 기어오르다 헛간 대들보에서 떨어지고 말았어요. 무릎이 긁힌 채로 집에 돌아갔더니 샘플 부인은 개암나무 잎으로 싸매 주면서 이렇게 말씀하셨어요.

"이런! 이런! 저비 도련님이 바로 그 대들보에서 떨어져 무릎을 다친 게 엊그제 같은데."

이곳의 경치는 말할 수 없이 아름다워요. 골짜기가 있고, 강이 있고, 나무가 우거진 언덕이 있고, 멀리 몽실몽실한 푸른 산이 높이 솟아 있어요.

농장에서는 일주일에 두 번 버터를 만듭니다. 크림은 아래로 시냇물이 흐르는 돌로 지은 저장소에 보관해 두지요. 분리기를 가진 농부들도 몇몇 있지만, 록 윌로우 농장 사람들은 그런 신식 기술을 좋아하지 않아요. 팬 위에 뜬 크림을 떠내는 일이 힘들긴 해도 맛 좋은 버터는 그냥 만들어지는 게 아니니까요.

농장에는 송아지가 여섯 마리 있는데, 제가 이름을 지어 주었답니다.

1. 실비아: 숲에서 태어나서.
2. 레스비아: 로마 시인 카툴루스의 시에 나오는 레스비아의 이름을 따서.
3. 샐리
4. 줄리아: 별 특징이 없는 얼룩송아지.
5. 주디: 제 이름을 따서.
6. 키다리 아저씨: 괜찮으시죠, 아저씨? 이 녀석은 저지 순종으로 성격이 아주 좋아요.

농장 일이 어찌나 바쁜지 불후의 명작은 아직 시작도 못했네요.

아저씨의 변함없는
주디 올림

추신 1: 도넛 만드는 법을 배웠어요.
추신 2: 닭을 키워 볼 생각이 있으시다면 버프오핑턴종을 추천합니다. 솜털이 하나도 없거든요.
추신 3: 제가 어제 만든 신선하고 맛있는 버터 한 덩어리를 보내 드릴 수 있다면 얼마나 좋을까요. 이젠 저도 어엿한 농장 처녀라고요!

일요일

키다리 아저씨께

재미있지 않아요? 어제 오후에 이 편지를 쓰기 시작했는데, '키다리 아저씨께'라고 쓰고 나니 문득 저녁 식사 때 먹을 블랙베리를 따오겠다고 한 약속이 떠올라서 편지지를 탁자 위에 그대로 둔 채 나갔어요. 그리고 오늘 다시 돌아와 보니 편지지 한가운데에 뭐가 있었는지 아세요? 진짜 장님거미가 앉아 있었어요!

전 다리 하나를 조심스레 집어 들고는 창밖으로 떨어뜨렸어요. 전 장님거미는 한 마리도 해치지 않을 거예요. 장님거미를 보면 항상 아저씨가 생각나거든요.

오늘 아침에는 마차에 말을 매고 읍내 교회에 예배를 드리러 갔어요. 예배당은 아담하고 하얀 목조 건물이랍니다. 다들 종려나무 이파리 부채를 나른하게 흔들며 쏟아지는 졸음을 참고 나직한 설교를 들었어요. 목사님 목소리 말고는 나무에서 앵앵거리는 매미 울음소리밖에 들리지 않았어요. 문득 정신을 차려 보니 어느새 제가 자리에서 일어나 찬송가를 부르고 있더군요. 설교를 제대로 안 들은 게 어찌나 후회가 되던지. 전 이런 찬송가를 고른 사람의 심리를 진짜 알고 싶어요. 이게 그 가사예요.

오라, 쾌락과 속세의 즐거움을 버리고
천국의 기쁨을 나와 함께 누리세.
그렇지 않으면 친구여, 영영 이별이라네.
지옥에 떨어진대도 나 그대를 외면하리.

샘플 씨 내외와는 종교 이야기를 하지 않는 편이 현명하다는 사실을 깨달았어요. 그분들의 신(먼 옛날 청교도 조상들로부터 그대로 물려받은 신이랍니다.)은 편협하고 불합리하고 불공평하고 비열하고 복수심에 불타고 옹졸해요. 저는 누구에게 어떤 신도 물려받지 않아서 얼마나 다행인지 모르겠어요! 전 제가 원하는 신을 마음대로 만들어 낼 수 있어요. 제 마음속에 있는 그분은 친절하고 동정심 많고 상상력이 풍부하고 관대하고 이해심이 많은 데다 유머 감각도 있답니다.

전 샘플 씨 내외가 정말 좋아요. 믿음보다 더 훌륭한 행동을 보여 주시는 분들이거든요. 당신들이 신봉하는 신보다도 더 나아요. 제가 그렇게 말씀드렸더니 몹시 난처해하셨어요. 제가 신을 모독한다고 생각하시나 봐요. 하지만 제 눈엔 그분들이 그런 것 같은걸요! 우린 이제 종교 이야기는 더 이상 하지 않는답니다.

지금은 일요일 오후예요. 자주색 타이에 연노란 사슴가죽 장갑을 끼고 붉은 얼굴에 난 수염을 말끔히 깎은 애머세이(농장 일꾼)가 빨간 장미로 장식한 커다란 모자에 푸른색 모슬린 드레스를 입고 머리를 최대한 곱슬곱슬하게 만 캐리(농장 여자 일꾼)와 함께 마차를 타고 떠났어요. 애머세이는 아침 내내 마차를 닦았

고, 캐리는 식사 준비를 해야 한다며 교회에 가지 않았지만 모슬린 드레스를 다려서 입고 외출하려고 그런 것 같아요.

이 편지를 다 쓰고 나면 다락에서 찾아낸 책을 읽을 생각이에요. 『길 위에서』라는 책인데, 첫 장에 사내아이의 재미난 글씨체로 이런 글이 꼬물꼬물 적혀 있답니다.

이 책이 돌아다니고 있으면 따귀를 때려 집으로 돌려보내 주세요.

저비스 펜들턴

저비스 씨는 열한 살 때쯤 병을 앓은 후에 이곳에서 여름을 보냈대요. 그때 이 책을 두고 갔나 봐요. 얼마나 많이 봤는지, 책 곳곳에 손때 묻은 흔적들이 가득했어요! 다락 한구석에는 물레바퀴와 풍차도 있고, 활과 화살도 몇 개 있었어요. 샘플 부인이 틈만 나면 그분 이야기를 하는 바람에 저비스 씨가 정말 여기 살고 있는 기분이 들 정도예요. 실크 모자를 쓰고 지팡이를 들고 다니는 어른이 아니라, 쿵쾅거리며 계단을 오르고 방충 문은 열어 둔 채 다니고 늘 쿠키를 달라고 조르는(제가 아는 샘플 부인이라면 그때마다 쿠키를 줬을걸요!) 귀엽고 지저분한 더벅머리 소년이말이에요. 그분은 어렸을 때 모험심도 강하고 용감하고 정직했었나 봐요. 펜들턴 집안사람이라는 게 참 안타깝네요. 더 좋은 집안에서 태어났어야 하는데 말이죠.

내일은 귀리 타작을 할 거예요. 증기 기계와 인부 세 사람이 올 예정입니다. 가슴 아픈 일이지만, 버터컵(레스비아의 어미인 외뿔 얼룩소)이 염치없는 짓을 저질렀어요. 금요일 저녁에 녀석이 과수원에 들어가서는 나무 밑에서 엄청난 양의 사과를 따먹었답니다. 그러고는 이틀 동안 푹 퍼져 버렸다니까요! 이렇게 부끄러운 이야기를 또 들어 본 적 있으세요?

언제나 아저씨를 사랑하는 고아
주디 애벗 올림

추신: 지금 제가 읽고 있는 책 1장에는 인디언들이, 2장에는 노상강도가 등장해요. 전 숨을 죽인 채 다음 장을 기다리고 있

답니다. 3장에는 뭐가 나올까요? '6미터 공중으로 날아올랐다 추락한 붉은 매.' 이건 속표지 그림에 붙은 제목이랍니다. 주디 와 저비 도련님이 제법 재미있게 지내는 것 같죠?

9월 15일
아저씨께

어제는 코너스에 있는 잡화점에서 밀가루 재는 저울로 몸무 게를 재봤답니다. 저요, 4킬로그램이나 쪘어요! 건강을 위한 휴 양지로 록 윌로우 농장을 추천하는 바입니다.

주디 올림

9월 25일
키다리 아저씨께

짜잔, 이제 전 2학년이랍니다! 지난주 금요일에 돌아왔어요. 농장을 떠나서 섭섭하긴 했지만 다시 학교로 돌아오니 기뻐요. 익숙한 곳으로 돌아오는 건 참 기분 좋은 일이에요. 이젠 학교

가 집처럼 편안하게 느껴지고, 이런저런 상황에도 요령껏 대처할 자신이 생겼답니다. 세상이 온통 제 집인 것 같은 기분이 들어요. 마지못해 받아들여진 게 아니라 진짜 일원이 된 것 같은 그런 기분 말이에요.

제가 무슨 말을 하는지 아저씨는 이해하지 못할지도 몰라요. 평의원이라는 높은 지위에 있는 사람이 고아처럼 하찮은 사람의 감정을 헤아릴 순 없는 노릇이니까요.

그나저나 아저씨, 제 이야기 좀 들어 보세요. 제가 누구랑 한 방을 쓰게 됐는지 아세요? 샐리 맥브라이드와 줄리아 루틀리지 펜들턴이랍니다. 진짜예요. 공부방 하나와 작은 침실 세 개가 있답니다. 보세요!

지난 봄에 샐리와 전 한 방을 쓰기로 약속했는데, 줄리아도 샐리와 같은 방을 쓰기로 마음먹었다지 뭐예요. 참, 도대체 이해가 안 가요. 두 사람은 비슷한 구석이 하나도 없거든요. 하긴 펜들턴 가문이 보수적이고 변화에 적대적(멋진 단어죠!)이긴 하죠. 어쨌든 우리 셋은 같은 방을 쓰게 됐어요. 존 그리어 고아원 출신의 제루샤 애벗이 펜들턴가의 사람과 한 방을 쓰다니요. 확실히 우리나라는 민주 국가라니까요.

샐리는 학년 대표에 출마했는데, 이변이 없는 한 당선될 것 같아요. 다들 술책을 강구하느라 난리예요. 우리가 얼마나 정치가처럼 행동하는지 아저씨도 보셔야 한다니까요! 제가 분명히 말씀드리는데요, 우리 여자들에게 선거권이 생기면 남자들은 자신들의 권리를 지키기 위해 정신을 바짝 차려야 할 거예요. 투표는 다음 주 토요일에 해요. 누가 당선되든 저녁엔 횃불 행진을 할 예정이에요.

화학 공부를 시작했는데, 아주 색다른 분야랍니다. 듣도 보도 못한 과목이에요. 분자와 원자에 대해 다루지만, 다음 달이나 되어야 좀 더 확실하게 말씀드릴 수 있을 것 같아요.

논증법과 논리학 수업도 들어요. 세계사도 듣고요. 윌리엄 셰익스피어의 희곡도 공부해요.

프랑스어도요. 이런 식으로 몇 년만 더 생활한다면 전 아주 지적인 사람이 될 거예요.

전 프랑스어보다는 경제학을 선택하고 싶었지만 감히 그러지 못했어요. 프랑스어를 다시 듣지 않으면 교수님이 절 낙제시킬지도 모르거든요. 사실 지난번 시험도 간신히 통과했답니다. 하지만 그건 고등학교 때 공부를 제대로 하지 못해서라고 말씀드리고 싶네요.

수업 시간에 프랑스어를 우리말만큼 빨리 말하는 여학생이 하나 있어요. 어릴 때 부모님을 따라 프랑스에 가서 수녀원에서 운영하는 학교를 3년이나 다녔대요. 다른 아이들에 비해 실력이 얼마나 월등할지 짐작이 되시죠. 불규칙 동사쯤은 누워서 떡 먹기예요. 우리 부모님도 절 고아원 대신 프랑스 수녀원 앞에 버렸더라면 좋았을 텐데요. 아, 아니에요. 싫어요! 그랬으면 아저씨를 못 만났을지도 모르잖아요. 전 프랑스어를 잘하는 것보다 이렇게 아저씨를 알게 되어서 편지를 쓰고 있는 이 순간이 더 행복해요!

이만 줄일게요, 아저씨. 전 해리엇 마틴 방에 들러 화학 문제를 의논한 뒤 학년 대표 선거에 대해 몇 마디 슬쩍 던지고 오겠습니다.

정치에 입문한
주디 애벗 올림

10월 17일

키다리 아저씨께

체육관 수영장이 레몬 젤리로 가득 차 있다면 젤리 위에 떠서 수영을 할 수 있을까요, 아니면 가라앉을까요?

후식으로 레몬 젤리를 먹다가 이런 이야기가 나왔어요. 삼십 분 동안 열띤 토론을 벌였는데 아직도 결론이 안 나네요. 샐리는 그 안에서 수영을 할 수 있다고 했지만, 전 세상에서 제일가는 수영 선수라도 가라앉을 거라고 확신해요. 레몬 젤리에 빠져 죽으면 진짜 우습겠죠?

그 외에도 관심을 끈 문제가 두 가지 더 있었어요.

첫째, 팔각형 모양의 집은 방이 어떤 모양일까요? 사각형이라고 주장하는 아이들도 있었지만, 전 파이 조각 같은 모양이 되어야 한다고 생각해요. 아저씬 그렇게 생각하지 않으세요?

둘째, 거울로 만든 거대한 공 안에 앉아 있다고 한번 가정해 보세요. 얼굴이 비치다가 등이 보이기 시작하는 지점은 어디일까요? 생각하면 할수록 헷갈려요. 저와 친구들이 여가 시간에도 얼마나 철학적으로 깊이 고민하는지 아시겠죠!

제가 선거 결과에 대해 말씀드렸던가요? 워낙 바쁘게 지내다 보니 까마득한 옛날처럼 느껴지네요. 샐리가 당선됐고, 우리는 '영원하라, 맥브라이드'라고 쓴 현수막을 들고 열네 명의 악단(하모니카 세 개와 빗 열한 개로 구성된 특별한 악단이랍니다.)의 연주에 맞춰 횃불 행진을 했어요.

이제 우리 '258호' 사람들은 유명 인사가 되었답니다. 줄리아와 저까지 그 후광을 톡톡히 입고 있어요. 학년 대표와 같은 방에 산다는 건 사회적으로 꽤나 신경이 쓰이는 일입니다.

사랑하는 아저씨, 안녕히 주무세요.

깊은 존경을 담아서
아저씨의 주디 올림

11월 12일
키다리 아저씨께

어제 농구 시합에서 1학년을 이겼어요. 물론 기쁘긴 하지만, 3학년을 이겼으면 얼마나 좋았을까요! 그럴 수만 있다면 온몸이 시퍼렇게 멍들고 붕대를 감고 일주일 동안 침대에 누워 있어야 한대도 기꺼이 감수했을 텐데 말이에요.

샐리가 크리스마스 방학을 자기네 집에서 보내자고 초대했어요. 정말 다정한 아이죠? 저도 꼭 가고 싶어요. 샐리는 매사추세츠 주 우스터에 살아요. 전 일반 가정집에는 한 번도 가 본 적이 없거든요. 록 윌로우 농장의 샘플 씨 내외는 어른이고 연세도 많으시니까 제외하고요. 샐리네 집에는 아이들도 많고(둘 또는 셋) 어머니, 아버지, 할머니에 앙고라 고양이까지 있어요. 그야말로 완벽한 가정이에요! 가방을 싸서 떠나는 게 기숙사에 남아 있는 것보다야 훨씬 신나는 일이죠. 그곳에서 지낼 생각에 설레어서 가슴이 터질 것만 같답니다.

7교시에는 연극 리허설을 하러 가야 해요. 추수감사절 연극에 출연하거든요. 노란 곱슬머리에 벨벳 가운을 걸치고 탑에서 사는 왕자 역이에요. 재미있겠죠?

아저씨의

J. A.

토요일

제가 어떻게 생겼는지 궁금하지 않으세요? 레오노라 펜튼이 찍은 우리 세 사람의 사진을 보내 드립니다.

날씬한 몸매에 웃고 있는 아이가 샐리이고, 키가 크고 코를 치켜들고 있는 아이가 줄리아, 얼굴 위로 머리카락이 나부끼는 키작은 아이가 주디랍니다. 원래는 사진보다 더 예쁜데요, 햇빛에 눈이 부셔서 그만.

12월 31일

키다리 아저씨께

크리스마스 용돈을 주셔서 감사하다는 편지를 보내려고 했는데, 새로운 생활에 푹 빠져 지내다 보니 책상 앞에 잠시도 앉을 시간을 못 냈네요.

새 드레스를 샀습니다. 꼭 필요하진 않았지만 갖고 싶었거든요. 올해 크리스마스 선물은 키다리 아저씨께서 주셨고, 가족들은 그냥 사랑만 보내왔네요.

전 샐리네 집에서 최고로 멋진 방학을 보내고 있습니다. 샐리네 집은 길 안쪽에 아늑하게 자리하고 있어요. 하얀 장식이 돋보이는 커다란 벽돌 고택이랍니다. 존 그리어 고아원에서 살 때 호기심 어린 눈으로 바라보며 안이 어떻게 생겼을까 궁금해하던 바로 그런 집이에요. 그런 집 안을 제 눈으로 직접 볼 수 있으리라곤 전혀 기대하지 않았는데, 이렇게 머물고 있다니 꿈만 같아요. 모두 게 편안하고 여유롭고 푸근한 곳이랍니다. 전 이 방 저 방을 다니며 가구들을 정신없이 구경하곤 하지요.

이 집은 아이들을 기르기엔 안성맞춤이에요. 숨바꼭질하기 좋은 그늘진 구석도 있고, 팝콘을 튀겨 먹을 수 있는 벽난로도 있고, 비 오는 날 떠들며 놀 수 있는 다락에, 부드럽고 납작한 기둥머리가 달린 매끄러운 난간, 햇빛 잘 드는 너른 부엌, 아이들에게 빵을 구워 줄 밀가루 반죽 여분을 남겨 두는 넉넉한 마음 씀씀이의 뚱뚱한 요리사도 있어요. 어린 시절로 돌아가고 싶어지게 만드는 그런 곳이랍니다.

샐리네 가족은 아버지, 어머니, 할머니, 귀여운 곱슬머리 세 살배기 여동생, 발 닦는 걸 항상 까먹는 보통 체구의 남동생, 제 친구 샐리, 프린스턴 대학 3학년에 재학 중인 덩치 좋은 미남 오빠 지미까지 모두 일곱 명이에요. 다들 얼마나 따뜻하고 좋은 사람들인지 몰라요.

여기선 식사 시간이 너무나 즐거워요. 다들 한꺼번에 웃고 농담하고 떠들어 대는데, 식사 전 감사 기도도 할 필요가 없답니다. 한 입 먹을 때마다 누군가에게 고마워하지 않아도 돼서 얼마나 안심이 되는지요.(불경스럽게 들리겠지만, 저만큼 감사 기도를 강요당하며 살아왔다면 아저씨도 저와 같은 생각이 드실 거예요.)

즐거운 일들이 너무나 많아서 무엇부터 말씀드려야 할지 모르겠네요. 공장을 운영하시는 맥브라이드 씨는 크리스마스이브에 직원들의 자녀를 위해 트리를 만드셨어요. 기다란 포장 작업실에 트리를 세우고, 상록수와 호랑가시나무 잎으로 장식을 했죠. 지미 맥브라이드가 산타클로스로 분장하고, 샐리와 제가 선물 나눠 주는 일을 거들었어요.

그때의 묘한 기분을 어떻게 설명할 수 있을까요. 존 그리어 고아원의 평의원처럼 자비로운 사람이 된 느낌이었어요. 전 얼굴이 끈적끈적해진 귀여운 사내아이에게 입을 맞춰 주었어요. 하지만 어떤 아이도 머리를 쓰다듬어 주진 않았답니다!

크리스마스 이틀 후에 샐리네 가족들은 '저'를 위해 집에서 무도회를 열어 주었어요.

진짜 무도회는 태어나서 처음이었어요. 여자아이들끼리 춤을 추는 학교 무도회는 빼고요. 전 새로 산 하얀 이브닝드레스(아저씨께서 주신 선물이에요. 거듭 감사합니다.)를 입고, 긴 흰색 장갑을 끼고, 하얀 새틴 구두를 신었어요. 이 완벽하고 순수하고 절대적인 행복 속에서 딱 하나 아쉬운 점이 있었다면, 리펫 원장님이 지미 맥브라이드와 함께 춤추는 제 모습을 보지 못한다는 사실이었죠. 그러니까 다음에 존 그리어 고아원에 가시면 원장님께 이 이야기를 꼭 전해 주세요.

아저씨의 영원한
주디 애벗 올림

추신: 제가 위대한 작가가 못 되고 그냥 평범한 여자아이로 남는다면 아저씨는 실망하실 건가요?

토요일

아저씨께

오늘은 시내까지 걸어갔는데, 세상에, 비가 어찌나 쏟아지던지! 전 비 내리는 질척대는 겨울보다는 눈 내리는 포근한 겨울이 좋아요.

오늘 오후엔 줄리아의 멋진 삼촌이 학교를 다시 찾아오셨어요. 2킬로그램이 넘는 초콜릿 상자를 들고서 말이죠. 줄리아와 한 방을 쓰니 이런 좋은 점도 있네요.

그분은 우리가 아무 생각 없이 떠들어 대는 수다가 재미있으셨는지 기차 시간까지 늦추고 공부방에서 함께 차를 마셨습니다. 기숙사 출입 허가를 받아 내기가 얼마나 힘이 들었는지 몰라요. 아버지와 할아버지를 모시는 것도 쉽지 않은데, 삼촌은 오죽했겠어요? 남자 형제나 사촌은 거의 불가능하답니다. 줄리아가 공중인 앞에서 자기 삼촌이 맞다고 선서하고, 군 서기의 인증서도 받아서 내야 했어요.(제가 법에 대해 좀 알죠?) 하지만 학장님이 저비스 삼촌의 젊고 멋진 용모를 보셨더라면 우리가 과연 함께 차를 마실 수 있었을지 의문이 갑니다.

어쨌든 우리는 스위스 치즈가 든 흑빵 샌드위치를 곁들여 차를 마셨답니다. 저비스 씨가 샌드위치 만드는 걸 도와주셨고 네 쪽이나 드셨지요. 록 윌로우 농장에서 여름을 보냈다고 말씀드렸더니 저비스 씨는 무척 반가워하셨어요. 우리는 샘플 씨 내외

와 말, 소, 닭 이야기로 유쾌한 시간을 보냈습니다. 저비스 씨가 알던 말들은 모두 죽고 그분이 마지막으로 농장에 갔을 때 어린 망아지였던 그로버만 살아 있는데, 이젠 그놈도 너무 늙어 농장을 절뚝거리며 다니는 신세랍니다.

저비스 씨는 아직도 노란 항아리에 도넛을 넣어 파란 접시로 덮은 다음 식품 저장실 맨 아래 선반에 두느냐고 물으셨어요. 그럼요! 또 목장 바위 더미 밑에 마멋(다람쥐 과의 동물: 옮긴이)들이 밤마다 파놓은 구멍이 아직도 있는지 알고 싶어 하셨어요. 그대로 있고말고요! 올여름 애머세이가 잡은 크고 살찐 회색 마멋은 저비 도련님이 어린 시절에 잡은 마멋의 25대손쯤 되나 봐요.

제가 '저비 도련님'이라고 불렀는데도 기분 나쁜 눈치는 아니셨어요. 줄리아는 그렇게 다정한 삼촌의 모습은 처음이라고 했어요. 좀처럼 곁을 내주지 않는 분이라면서요. 하지만 그건 줄리아가 요령이 없어서예요. 남자들한테는 특히나 그런 요령이 많이 필요하죠. 남자란 동물은 털이 난 방향으로 쓰다듬으면 가르랑대며 좋아하지만 반대 방향으로 쓰다듬으면 불같이 화를 내거든요. (아주 고상한 은유는 아니지만, 비유하자면 그렇다는 거예요.)

요즘 마리 바슈키르체프(러시아의 요절한 천재 여류 화가: 옮긴이)의 일기를 읽고 있습니다. 놀랍지 않으세요? 한번 들어 보세요.

지난밤 나는 절망에 사로잡혀 신음 소리를 토해 내다 결국 식당에 있던 벽시계를 바닷속으로 집어던지고야 말았다.

이 대목을 읽으니 제가 천재가 아니었으면 하는 생각이 들더군요. 천재들은 주위 사람을 지치게 하고, 가구나 마구 부수는 그런 사람이 틀림없을 테니까요.

세상에, 비가 계속 퍼붓네요! 오늘 밤엔 교회까지 헤엄쳐서 가야 할까 봐요.

아저씨의 영원한

주디 올림

1월 20일

키다리 아저씨께

혹시 요람에 누워 있던 귀여운 아기를 도둑맞은 적 없으세요?

어쩜 제가 그 아이인지도 몰라요! 소설 속 이야기라면 이쯤에서 대단원의 막이 내려지겠죠?

자신의 근본을 모른다는 건 정말이지 말도 못하게 찜찜한 일이지만, 흥미롭고 낭만적인 면도 있답니다. 여러 가지 가능성이 있잖아요. 어쩜 전 미국인이 아닐지도 몰라요. 미국인이 아닌 사람도 많으니까요. 고대 로마인의 직계 후손이거나 바이킹의 딸인지도 모르고, 러시아에 유배된 사람의 자식이라 시베리아 감옥에 갇혀 있어야 될 몸인지도 모르죠. 아니면 집시였을까요. 전 아무래도 집시가 아닐까 싶네요. 아직 발휘할 기회가 없어서 그렇지 제가 떠돌이 기질이 상당하거든요.

혹시 제 인생의 부끄러운 오점에 대해 알고 계세요? 쿠키를 훔쳐 먹었다는 이유로 벌을 받고는 고아원을 도망쳤던 사건 말이에요. 평의원이라면 누구나 읽어 볼 수 있는 기록부에 적혀 있어요. 아저씨라면 어땠겠어요? 배고픈 아홉 살짜리 어린애를 식품 저장실에 혼자 남겨 두고 쿠키 단지 옆에서 나이프를 닦으라고 했다고 생각해 보세요. 그런 뒤 갑자기 들이닥쳤을 때 아이 입가에 과자 부스러기가 묻어 있는 게 어쩜 당연한 일 아닌가요? 그런데도 아이 팔을 홱 낚아채서는 따귀를 때리고, 다 같이 모인 식사 시간에 후식으로 나온 푸딩을 도둑질을 해서 못 먹게 하는 거라고 다른 아이들에게 이야기한다면 어떤 아이라도 도망치고 싶지 않을까요?

전 6킬로미터 정도밖에 달아나지 못했어요. 붙잡혀서 다시 고아원으로 돌아가야 했지요. 그리고 일주일 동안 다른 아이들이

나가 노는 시간에 못된 강아지처럼 뒷마당 말뚝에 묶여 있어야 했답니다.

이런! 예배 시간 종이 울리네요. 예배가 끝난 뒤에는 위원회 모임이 있어요. 이번엔 진짜 재미있는 편지를 쓰려고 했는데, 죄송해요.

안녕히 계세요.

친애하는 아저씨에게 평화가 함께하길!
주디 올림

2월 4일

키다리 아저씨께

지미 맥브라이드가 한쪽 벽을 차지할 만큼 커다란 프린스턴 대학 깃발을 보내왔어요. 절 기억해 준 것까지는 참 고마운데, 저 큰 걸 도대체 어떻게 해야 할지 고민입니다. 샐리와 줄리아가 그걸 방에 못 걸게 할 텐데 말이죠. 올해는 방을 빨간색으로 꾸몄는데, 거기다 오렌지와 검정이 섞인 깃발을 걸면 어떨지 상상이 되시죠? 하지만 워낙 질도 좋고 포근하고 톡톡한 펠트 소재라 그냥 두기엔 아깝네요. 목욕 가운으로 만들면 이상할까요? 지금 있는 건 빨았더니 줄어 버려서요.

최근에는 제가 무슨 공부를 하는지 말씀을 안 드려서 제 편지만으로는 짐작하기 힘드시겠지만, 제 생활은 온통 공부로 채워져 있답니다. 한 번에 다섯 과목을 듣자니 여간 헷갈리는 게 아니에요.

화학 교수님은 이렇게 말씀하세요.

"진정한 학자의 자세는 사소한 것에 노고를 아끼지 않는 열정에 있다."

하지만 역사 교수님 말씀은 달라요.

"사소한 것에 얽매이지 않도록 조심해라. 전체적인 시각을 견지할 수 있도록 적당한 거리를 두어라."

화학과 역사 사이에서 얼마나 미묘하게 균형을 잡아야 하는지 아시겠죠? 전 역사학적인 방식이 좋아요. 제가 정복자 윌리엄이 1492년에 영국으로 건너갔다고 하고, 콜럼버스가 1100년이나 1066년에 아메리카를 발견했다고 해도 역사 교수님은 그런 사소한 문제는 그냥 넘어가시거든요. 그래서 역사 시간에는 편안하고 여유로운 기분이 드는데, 화학 시간은 전혀 그렇지 않답니다.

6교시 종이 울리네요. 이제 실험실로 가서 산과 염, 알칼리 같은 사소한 것들을 조사해야 합니다. 지난 시간에 염산으로 실험용 앞치마를 태워 접시만 한 구멍을 냈어요. 이론대로라면 이

구멍을 강한 암모니아로 중화시킬 수 있어야 하는데, 과연 그렇게 될까요?

다음 주가 시험이지만 하나도 걱정이 안 되네요!

아저씨의 영원한
주디 올림

3월 5일

키다리 아저씨께

지금 밖에는 기분 좋은 봄바람이 불고, 하늘에는 묵직한 먹구름이 가득 떠다니고 있어요. 소나무에 앉은 까마귀들이 얼마나 시끄럽게 울어 대는지 몰라요! 마음을 들뜨게 하는 유쾌한 소리가 어서 나오라고 불러 댑니다. 책을 덮고 뛰쳐나가 언덕을 내달리며 바람과 경주하고 싶은 기분이랍니다.

지난 토요일에는 8킬로미터나 되는 질퍽질퍽한 시골길을 달리며 여우사냥놀이를 했답니다. 여우가 된 아이들이 여러 색깔의 색종이 조각으로 만든 뭉치를 가지고 먼저 출발했어요. 그 뒤를 스물일곱 명의 사냥꾼 역할을 맡은 아이들이 쫓았죠. 전 사냥꾼들 중에 한 명이었는데, 여덟 명이 중간에 포기하는 바람에 열아홉 명만 남았죠. 여우들이 뿌린 색종이 흔적을 따라가다 보니 언덕을 넘고 옥수수밭을 지났고, 습지까지 이어져 있어 우리는 흙이 쌓인 자리를 골라 폴짝폴짝 건너뛰어야 했어요. 우리들 중 절반은 발목까지 진흙 속에 빠지고 말았죠. 우리는 여우들의 흔적을 찾지 못해 습지에서 시간을 허비했어요. 그러다 숲을 지나 언덕 위로 올라섰는데, 헛간 창문 근처에 색종이 조각들이 떨어져 있는 거예요! 그런데 헛간 문은 모조리 잠겨 있고 창문은 높은 데다 무지 작지 뭐예요. 이건 좀 심하잖아요, 안 그래요?

　하지만 우리는 창문을 넘지 않았어요. 헛간 주위를 돌다가 야트막한 헛간 지붕을 지나 울타리를 넘어 빠져나간 흔적을 찾아냈지요. 여우들은 우리를 헛간에 잡아 둘 수 있을 거라 생각했겠지만, 오히려 우리한테 당하고 말았지요. 그길로 곧장 완만한 초원을 3킬로미터가량 지났는데 종잇조각이 드문드문해져 흔적을 찾기가 진짜 힘들었어요. 2미터 내에 반드시 색종이를 뿌려 흔적을 남기는 게 규칙인데, 그렇게 긴 2미터는 처음 봤어요. 끈질기게 추적한 끝에 우리는 크리스털 스프링 농장(학교 친구들이 썰매와 건초 마차를 타고 닭고기 요리와 와플을 먹으러 가는 농장이에요.) 부엌까지 여우들을 쫓아 들어갔고, 그곳에서 우유와 꿀과 비스킷을 태연히 먹고 있는 여우 세 마리를 발견했어요. 그렇게 멀리까지 쫓아올 줄은 생각도 못했던 거죠. 우리가 헛간 창문 밑에서 옴짝달싹 못할 줄 알았을 테니까요.

여우와 사냥꾼은 서로 자기들이 이겼다고 우겼어요. 전 우리 편이 이겼다고 생각해요. 아저씨는요? 여우들이 학교로 돌아가기 전에 우리가 잡았으니까요. 아무튼 우리 열아홉 명은 메뚜기처럼 식탁에 들러붙어 꿀을 달라며 아우성쳤어요. 사람 수에 비해 꿀이 모자랐지만 크리스털 스프링 부인(이건 우리가 붙인 애칭이고요. 진짜 이름은 존슨이랍니다.)이 딸기잼과 지난주에 만든 단풍나무시럽과 흑빵을 나누어 주셨답니다.

우린 저녁 식사 시간을 삼십 분이나 넘기고 나서야 학교로 돌아왔어요. 그래서 옷도 갈아입지 않고 곧장 식당으로 갔는데, 어찌나 배가 고프던지! 그리고 신발이 더럽다는 핑계로 저녁 예배는 빠졌답니다.

시험에 대해 말씀을 안 드렸군요. 전 모든 과목을 간단히 통과했답니다. 이젠 공부하는 요령을 알게 되었으니까 낙제하는 일은 없을 거예요. 하지만 1학년 때 애를 먹은 라틴어 산문과 기하학 때문에 우등 졸업은 못할 것 같아요. 하지만 상관없어요. 행복하기만 하면 무엇이 걱정이랴.(이건 인용문이에요. 요즘 고전을 공부하고 있거든요.)

고전 이야기가 나와서 말인데, 혹시 『햄릿』 읽어 보셨어요? 아직 안 읽어 보셨다면 당장 읽어 보세요. 너무나 완벽하고 멋진 작품이에요. 셰익스피어에 대해선 익히 들어 알고 있었지만 이렇게까지 글을 잘 쓰는 사람인 줄은 몰랐어요. 그의 명성이 지나친 과장이 아닌지 의심해 왔었거든요.

글쓰기를 처음 배운 후부터 만든 근사한 놀이가 하나 있어요. 매일 밤 자기 전, 그날 제가 읽은 책 속에 나오는 사람이라고 상상하는 거죠.

지금 전 오필리아랍니다. 그것도 아주 현명한 오필리아! 항상 햄릿을 즐겁게 해주고, 쓰다듬어 주는가 하면, 나무라기도 하고, 감기에 걸리면 목을 따뜻이 감싸 주기도 하죠. 전 햄릿의 우울증을 완전히 고쳐 줬어요. 왕과 왕비는 둘 다 바다에서 사고로 죽어 장례를 치를 필요도 없었죠. 그래서 햄릿과 전 아무런 간섭도 받지 않고 덴마크를 다스린답니다. 우리는 왕국을 훌륭하게 다스리고 있어요. 햄릿은 정치 쪽을, 전 자선 쪽을 담당하고 있죠. 전 얼마 전에 일류 고아원을 몇 개 세웠답니다. 아저씨나 다른 평의원들이 방문하고 싶다면 제가 기꺼이 안내해 드리겠습니다. 아저씨께서 도움이 될 만한 제안을 많이 해주시지 않을까 생각합니다.

이만 줄이겠습니다.

아저씨의 가장 우아한
덴마크 왕비, 오필리아 드림

3월 24일 혹은 25일

키다리 아저씨께

전 천국에는 못 가지 싶어요. 여기서 이렇게나 행복을 누리고 있는데 죽어서까지도 복을 받는다면 불공평하지 않을까요? 무슨 일이 있었는지 들어 보세요.

제루샤 애벗이 교내 잡지 《먼슬리》에서 매년 주최하는 단편 소설 공모전(상금 25달러)에 뽑혔답니다. 겨우 2학년생이 말이에요! 참가자들은 대부분 4학년이었어요. 제 이름이 나붙은 걸 봤을 때 전 그 사실을 믿을 수가 없었어요. 드디어 제가 작가가 되려나 봐요. 리펫 원장님이 제 이름을 이렇게 시시하게 짓지 않았으면 좋았을 텐데 말이죠. 여류 작가처럼 들리나요? 아니죠?

봄 연극제에도 배역을 맡았답니다. 셰익스피어의 희곡 『뜻대로 하세요』를 야외에서 공연해요. 전 로잘린드의 사촌인 셀리아 역을 맡았어요.

그리고 마지막으로, 줄리아와 샐리와 전 다음 주 금요일에 뉴욕에 가서 봄맞이 쇼핑을 하고 하루를 묵은 뒤, 이튿날 '저비 도련님'과 함께 연극을 보러 갈 거예요. 그분이 우리를 초대하셨답니다. 줄리아는 집에서 가족들과 지내고, 샐리와 전 마사 워싱턴 호텔에서 묵기로 했어요. 이렇게 신나는 일이 또 있을까요? 전 호텔에는 한 번도 가본 적이 없어요. 연극 구경도 마산가지고요. 성당 축제 때 고아들을 초대해서 딱 한 번 본 적이 있긴 하지만, 그건 진짜 연극이 아니었으니까 제외하고요.

우리가 무슨 연극을 보게 될지 궁금하시죠? 바로『햄릿』이에요. 생각해 보세요! 지난 한 달 동안 수업 시간에 셰익스피어의 『햄릿』을 공부해서 대사를 다 외울 정도라고요.

너무 기대되고 흥분돼서 잠을 이룰 수가 없네요.

안녕히 계세요, 아저씨.

세상은 정말 재미있는 곳이에요.

아저씨의 영원한

주디 올림

추신: 방금 달력을 봤는데요, 28일이네요.

추신 하나 더: 오늘 어떤 전차 차장을 봤는데, 한쪽 눈은 갈색이고 한쪽 눈은 파란색이었어요. 탐정소설의 악당 역으로 그만이겠죠?

4월 7일

키다리 아저씨께

와! 뉴욕은 진짜 크더라고요! 우스터는 비할 바가 못 돼요. 정말 그렇게 복잡한 곳에서 사신단 말씀이세요? 뉴욕에서 지내는 동안 한껏 들떴던 마음이 제자리를 찾으려면 몇 달은 걸리지 않을까 싶네요. 제가 본 놀라운 것들을 어디서부터 말씀드려야 할지 모르겠어요. 아저씬 그곳에 사시니 익숙하시겠지만 제겐 모든 것이 새로웠답니다.

그래도 거리는 재미있지 않나요? 사람들도 그렇죠? 상점은 또 어떻고요? 진열되어 있는 물건들마다 어찌나 예쁘던지. 그런 옷들을 입기 위해 평생을 바치고 싶을 정도라니까요.

토요일 아침에 샐리와 줄리아와 함께 쇼핑을 했어요. 줄리아는 제가 본 상점 중 가장 화려한 곳으로 들어갔어요. 상점 바닥에는 하얀색과 황금색 벽에 푸른 카펫이 깔려 있었고, 푸른 실크에 금박을 입힌 의자들이 놓여 있었어요. 바닥에 끌리는 긴 검정 실크 드레스 차림을 한 아름다운 금발 부인이 미소를 지으며 우리를 맞아 주었어요. 저는 아는 집에 인사차 들른 줄 알고 악수를 했는데, 그냥 모자를 사러 간 것뿐이었나 봐요. 적어도 줄리아한테는 그랬죠. 그 애는 거울 앞에 앉아서 모자를 열두 개는 더 써봤는데, 갈수록 예쁜 모자들이 나오더군요. 줄리아는 그중에서 가장 예쁜 모자 두 개를 샀어요.

거울 앞에 앉아 가격 걱정 없이 어떤 모자든 골라 살 수 있는 것보다 더 큰 즐거움이 있을까요! 아저씨, 뉴욕은 제가 존 그리어 고아원에서 쌓아 온 착실하고 검소한 성격을 순식간에 허물어 버릴 게 틀림없어요.

쇼핑을 끝내고 나서 우리는 셰리 레스토랑에서 저비 도련님을 만났어요. 셰리에 가보셨겠죠? 그럼 그곳을 한번 그려 보세요. 그런 다음 방수 식탁보가 덮인 식탁과 절대 깨지지 않는 하얀 사기그릇과 나무 손잡이가 달린 포크와 나이프가 있는 존 그리어 고아원의 식당을 떠올려 보세요. 제 기분이 어땠을지 상상이 되시죠!

전 생선을 먹을 때 엉뚱한 포크를 썼는데, 종업원이 친절하게도 아무도 눈치채지 못하게 다른 포크를 갖다 줬어요.

점심 식사를 마치고 우리는 극장에 갔어요. 믿을 수 없을 만큼 휘황찬란하고 멋진 곳이었어요. 전 지금도 매일 밤 그곳에 머무는 꿈을 꾼답니다.

셰익스피어는 정말 대단하지 않아요? 무대 위의 『햄릿』도 수업 시간에 공부했을 때보다 훨씬 근사했어요. 훌륭한 작품이란 건 진작에 알고 있었지만, 정말이지 푹 빠져 버렸어요.

아저씨만 괜찮으시다면 작가보다 배우가 되는 게 어떨까 싶어요. 대학을 그만두고 연극 학교에 들어가면 안 될까요? 그러면 제가 공연하는 연극마다 아저씨께 특등석 티켓을 보내 드리고 무대 위에서 아저씨께 미소를 지어 보일 텐데요. 단춧구멍에 빨간 장미 한 송이는 꽂고 오셔야 해요. 그래야 아저씨인 줄 알아보고 미소를 짓지요. 엉뚱한 사람을 보고 웃으면 얼마나 어이 없겠어요.

우리 셋은 토요일 밤에 돌아왔어요. 저녁 식사는 분홍색 램프와 작은 식탁, 흑인 종업원이 있는 기차 식당에서 했어요. 저는 기차 안에서 식사를 할 수 있다는 소린 들어 본 적이 없어서 무심결에 그 말을 내뱉고 말았죠. 그랬더니 줄리아가 이렇게 물었어요.

"넌 도대체 어디서 살았던 거니?"

전 힘없이 대답했어요.

"시골에서."

줄리아가 다시 묻더군요.

"여행도 안 해봤어?"

"대학에 올 때가 내 첫 여행이었어. 그리고 그때도 거리가 250킬로미터 정도밖에 안 돼서 식사는 안 했거든."

줄리아는 제가 자꾸 이상한 소리를 하니까 저에 대한 관심이 부쩍 늘었답니다. 안 그러려고 노력하는데도 놀라는 일이 있을 때마다 그런 말이 툭툭 튀어나와요. 그리고 전 거의 늘 놀라거든요. 존 그리어 고아원에서 열여덟 해를 보내고 갑자기 '세상'으로 내던져지니 눈이 핑핑 돌 만큼 아찔할 밖에요.

하지만 점점 익숙해지고 있어요. 예전만큼 심한 실수도 저지르지 않고요. 다른 아이들과 함께 있어도 껄끄럽지 않아요. 옛날엔 누가 절 쳐다보기만 해도 몸 둘 바를 몰라 했죠. 가식적인

새 옷 속에 가려진 체크무늬 깅엄 치마를 꿰뚫어 보는 것만 같았 거든요. 하지만 이젠 깅엄 치마 따위는 신경 쓰지 않아요. 어제 의 괴로움은 어제로 족하나니.

꽃에 대해 말씀드리는 걸 깜빡했네요. 저비 도련님이 우리 셋에게 제비꽃과 은방울꽃 한 다발씩을 선물로 주셨어요. 정말 다정한 분이시죠? 평의원들만 봐와서인지 남자는 그다지 좋아하지 않았는데, 점점 생각이 바뀌고 있어요.

열한 장이나 썼네요. 편지가 이리도 길다니! 기운 내세요. 이제 그만 쓸 테니까요.

아저씨의 한결같은

주디 올림

4월 10일

부자 아저씨께

50달러짜리 수표를 돌려보냅니다. 대단히 감사합니다만, 받아선 안 될 것 같아요. 용돈만으로도 필요한 모자는 충분히 살 수 있습니다. 모자 가게에 대해 쓸데없는 이야기를 늘어놓아 죄송합니다. 전 그저 그런 곳을 처음 봐서 그랬을 뿐입니다.

구걸한 게 아니었다고요! 앞으로 필요 이상의 자선은 사양하겠습니다.

제루샤 애벗 올림

4월 11일

친애하는 아저씨께

어제 그런 편지를 썼던 절 용서해 주시겠어요? 편지를 부치고 난 뒤 후회스런 마음이 들어 되찾으려고 했는데, 지독한 우편배달부가 한사코 돌려주지 않더라고요.

지금은 한밤중입니다. 전 몇 시간째 잠들지 못한 채 제가 얼마나 벌레 같은 인간인가 생각하고 있어요. 그것도 다리가 천 개는 달린 끔찍한 벌레요. 이건 제가 할 수 있는 제일 심한 말이랍니다! 전 줄리아와 샐리가 깨지 않게 공부방 문을 조심스레 닫고 침대에 앉아 역사 공책을 찢어 편지를 쓰고 있어요.

아저씨가 보내 주신 수표에 대해 제가 너무 무례하게 굴어서 죄송하다는 말씀을 드리고 싶었어요. 아저씨는 좋은 마음으로 보내셨고, 모자같이 하찮은 것에까지 신경을 써주시는 다정한 분이라는 것도 잘 알아요. 훨씬 더 정중하게 말씀드려야 했다고 생각합니다.

　그래도 어쨌든 수표는 돌려드려야 했어요. 전 다른 아이들과 다르니까요. 그 애들은 남들이 주는 걸 자연스럽게 받을 수 있을 테지요. 그 애들한테는 아버지, 오빠, 숙모, 삼촌이 있지만 전 그런 가족이 하나도 없잖아요. 아저씨를 가족으로 여기는 건 상상일 뿐, 진짜 가족은 아니잖아요. 전 벽을 등진 채 세상과 맞서 싸워야 하는 외톨이예요. 그 생각을 하면 숨이 막혀요. 그래서 그 생각을 밀어내고 계속 상상을 하는 거예요. 하지만 모르시겠어요, 아저씨? 전 언젠가 아저씨께 은혜를 갚고 싶은데, 이러다간 제가 꿈꾸는 위대한 작가가 된다 해도 '어마어마한 빚'을 감당하지 못할지도 몰라요. 그러니 필요 이상의 돈은 받을 수가 없어요. 저도 예쁜 모자와 물건들을 좋아하지만, 그 대가로 미래를 저당 잡히고 싶은 생각은 없어요.

　저의 무례했던 행동을 용서해 주실 거죠? 전 생각나는 대로 충동적으로 편지를 쓰고는 돌이키지도 못하게 바로 부쳐 버리는 나쁜 버릇이 있어요. 제가 때때로 생각이 없고 배은망덕하게 굴긴 해도 절대 진심은 아니에요. 속으로는 제게 삶과 자유와 독립할 기회를 주신 아저씨께 늘 감사한 마음이랍니다. 반항심으로 가득 찬 지루하고 암울한 어린 시절을 보낸 제가 지금은 이렇게 행복한 나날을 보내고 있다는 사실이 믿기지가 않아요. 동화 속에 나오는 주인공이라도 된 기분입니다.

밤이 늦었어요. 이제 까치발로 살금살금 밖으로 나가 우편 투함(고층 건물의 각 층에서 아래층으로 관을 연결하여 우편물을 내려보내는 장치: 옮긴이)에 이 편지를 넣어야겠어요. 지난번 편지를 받자마자 바로 이 편지를 받으실 테니, 절 괘씸하게 생각할 시간은 그리 길지 않으실 테죠.

안녕히 주무세요, 아저씨.

아저씨를 사랑하는
주디 올림

5월 4일

키다리 아저씨께

지난 토요일에 운동회를 했어요. 정말 볼 만했답니다. 먼저 전 학년이 하얀 린넨 옷을 입고 행진을 했어요. 4학년들은 파란색과 금색이 들어간 일본 우산을, 3학년들은 하얀색과 노란색 깃발을 들었어요. 우리 2학년이 든 진홍색 풍선은 유독 눈길을 끌었는데, 풍선 끈이 풀려 하늘로 날아갈 때는 특히 더 그랬죠. 1학년은 긴 장식 리본이 달린 초록색 종이 모자를 썼어요. 또 파란 제복 차림의 악단도 시내에서 초청했지요. 행사 중간마다 서

커스단의 어릿광대처럼 우스꽝스럽게 분장한 학생들이 나와서 관객들의 흥을 돋우기도 했고요.

줄리아는 헐렁한 린넨 코트 차림에 큼직한 우산을 들고 구레나룻을 기른 뚱보 시골 남자로 분장했어요. 키가 크고 마른 팻시 모리아티(원래 이름은 패트리샤예요. 이런 이름 들어 보셨나요? 리펫 원장님도 이보다 더 이상한 이름을 짓진 못할 거예요.)는 괴상한 초록색 모자를 한쪽 귀에 덮이도록 쓰고는 줄리아의 아내 노릇을 했지요. 행진하는 내내 두 사람을 따라 왁자한 웃음이 파도처럼 퍼져 나갔답니다. 줄리아는 자기가 맡은 역할을 아주 잘 해냈어요. 저비 도련님한테는 죄송한 말이지만, 펜들턴 가문 사람한테 그렇게 웃기는 기질이 있는 줄은 꿈에도 몰랐어요. 전 그분을 진정한 펜들턴 가문 사람이라고 생각하지 않아요. 아저씨를 다른 평의원들과는 다른 분이라고 생각하는 것처럼요.

샐리와 전 경기에 나가기 때문에 행진은 하지 않았어요. 결과가 어땠을 것 같아요? 우리 둘 다 우승했어요! 전부는 아니지만요. 멀리뛰기는 떨어졌지만 샐리는 장대높이뛰기에서 일등(2미터 20센티미터)을 했고, 전 50미터 달리기에서 일등(8초)을 했어요.

마지막엔 숨이 턱까지 차올랐지만 아주 재미있었어요. 2학년 전체가 풍선을 흔들고 환호성을 지르며 응원해 주었답니다.

주디 애벗, 어때?

최고지.

누가 최고라고?

주디 애―벗!

경기를 마친 다음엔 탈의실용 천막으로 가서 알코올로 마사지를 받고 레몬즙을 짜서 먹었어요. 프로 선수가 따로 없죠? 가장 우승을 많이 한 학년이 그해의 우승컵을 받으니, 자신의 학년을 위해서도 경기 우승은 의미 있는 일이죠. 올해의 우승컵은 일곱 경기에서 일등을 거머쥔 4학년에게 돌아갔어요. 체육협회는 우승자들을 위해 체육관에서 만찬을 베풀어 주었어요. 우리는 껍질이 부드러운 게 튀김과 농구공 모양의 초콜릿 아이스크림을 먹었답니다.

지난밤엔『제인 에어』를 읽느라 잠을 거의 못 잤어요. 아저씨는 반백 년 전을 회고할 수 있을 정도로 나이가 많으신가요? 만약 그렇다면 그때는 사람들이 그런 식으로 말을 했나요?

거만한 블랑쉬 아가씨는 하인들에게 이렇게 말을 해요.

"게으른 것, 잡담은 그만두고 내 명령을 따르거라."

로체스터 씨는 하늘을 금속 창공이라고 하고, 미친 여자는 하이에나처럼 웃으며 침대 커튼에 불을 지르고 면사포를 찢고 물어뜯어요. 지극히 감상적인 통속극이긴 해도 사람들은 여전히 이 책을 읽고 있어요. 도대체 젊은 여성이, 더구나 교회에서 자란 여자가 어떻게 그런 책을 쓸 수 있었는지 이해가 안 가요. 브론테 자매에겐 저를 매혹시키는 뭔가가 있어요. 그들의 책, 인생, 정신이 다 그래요. 어디서 그런 영감을 얻었을까요? 어린 제인이 자선 학교에서 고생하는 대목을 읽을 때는 어찌나 화가 나던지 밖에 나가 바람을 쐬지 않으면 안 될 정도였죠. 제인의 심정이 고스란히 전해졌거든요. 리펫 원장님을 아는 저로선 브로클허스트 씨를 상상하는 것도 어렵지 않았어요.

아저씨, 화내지 마세요. 존 그리어 고아원이 로우드 자선 학교와 같다는 뜻은 아니니까요. 존 그리어 고아원에는 먹을거리, 입을거리가 부족하지 않았어요. 씻을 물도 충분했고 지하실엔 난로도 있었죠. 하지만 끔찍하리만치 똑같은 게 하나 있어요. 말할 수 없이 단조롭고 무미건조한 생활 말이에요. 일요일에 아이스크림을 먹는 걸 빼면 재미있는 일이 하나도 없었죠. 그마저도 아주 가끔이고요. 고아원 생활을 하면서 제가 겪은 큰 사건은 딱 하나, 장작 보관 창고에 불이 났던 일이었죠. 우리는 고아원 건물에 불이 옮겨 붙을 경우를 대비해 밤중에 일어나 옷을 입어야 했어요. 하지만 불은 옮겨 붙지 않았고 우리는 다시 잠자리에 들었답니다.

사람은 누구나 가끔은 뜻밖의 사건이 일어나길 기대하죠. 그건 인간의 자연스런 욕망이기도 해요. 하지만 전 리펫 원장님이 저를 불러 존 스미스 씨란 분이 대학에 보내 주려 한다는 말씀을 하시기 전까진 한 번도 그런 일을 겪어 보지 못했어요. 그것도 원장님이 하도 찔끔찔끔 알려 주시는 바람에 제대로 충격을 먹지도 못했다니까요.

아저씨, 제 생각엔 사람에게 가장 필요한 자질은 상상력이 아닐까 싶어요. 상상력이 있어야 다른 사람의 입장에서 생각할 수 있거든요. 그래야 친절한 마음과 연민과 이해심을 가지게 되니까요. 상상력은 어린 시절부터 길러 줘야 해요. 하지만 존 그리어 고아원에서는 상상력의 싹이 조금만 보여도 당장 짓밟아 버려요. 오로지 의무감만을 강요하지요. 전 아이들이 그런 단어의 뜻은 몰라도 된다고 생각해요. 의무감이란 불쾌하고 혐오스런 단어예요. 아이들은 무슨 일이든 스스로가 좋아서 해야 한다고요.

제가 원장이 될 고아원을 보실 때까지 기다려 주세요! 제가 밤마다 잠들기 전에 즐겨 하는 놀이인데요. 아주 세세한 부분까지 계획을 세우고 있어요. 음식과 옷, 공부와 오락거리, 그리고 처벌 규정까지도요. 아주 착한 아이들도 가끔은 말썽을 피우니까요.

하지만 어쨌든 그 아이들은 행복할 거예요. 얼마나 힘든 성장기를 보냈든 간에 사람은 누구나 어린 시절을 행복하게 추억할 수 있어야 한다고 생각해요. 제가 아이를 갖게 된다면, 아무리 불행해져도 아이가 어른이 될 때까지는 아무 걱정 없이 자라게 할 거예요.

예배 시간 종이 울리네요. 편지는 나중에 마무리 지을게요.

목요일

오늘 오후에 실험실에서 돌아와 보니, 다람쥐 한 마리가 차 탁자 위에 앉아 신나게 아몬드를 먹고 있지 뭐예요. 날씨가 따뜻해져서 창문을 열어 놓으니 이런 손님들이 찾아와 우리를 즐겁게 해주곤 한답니다.

토요일 아침

어제가 금요일이고 오늘은 수업이 없으니까, 어젯밤에는 상금으로 구입한 스티븐슨 전집을 읽으며 조용하고 한가한 시간을 보냈을 거라고 생각하시겠죠? 하지만 그건 아저씨가 여자 대학을 전혀 모른다는 증거예요. 친구 여섯이 우리 방에 찾아와 퍼지를 만들었는데, 그중 한 아이가 우리가 제일 아끼는 양탄자 한가운데다 녹아내린 퍼지를 떨어뜨리고 말았지 뭐예요. 아무리 해도 자국을 지울 수 없을 것 같아요.

최근 쓴 편지에 수업 이야기는 적지 않았지만, 여전히 매일 수업을 듣고 있답니다. 아저씨께 편지를 쓸 때마다 공부에서 벗어나 인생에 대한 이야기를 나눌 수 있어 좋아요. 물론 일방적인 대화이긴 하지만, 그건 어디까지나 아저씨 잘못이라고요. 답장은 언제든 환영이랍니다.

사흘 동안 편지를 찔끔찔끔 썼는데, 아저씨가 지루해하시면 어쩌나 걱정입니다!

안녕히 계세요, 자상한 아저씨.

주디 올림

키다리 아저씨 스미스 씨께

논증법과 명제를 항목으로 나누는 방법을 모두 배웠으니 이번 편지는 거기에 맞춰 써보겠습니다. 필요한 사실은 다 들어가지만 군더더기는 없습니다.

1. 이번 주에 필기시험을 치렀습니다.

　1) 화학

　2) 역사

2. 기숙사를 신축 중입니다.

　1) 자재

　　(1) 붉은 벽돌

　　(2) 회색 석재

　2) 수용 인원

　　(1) 사감 한 명, 강사 다섯 명

　　(2) 학생 이백 명

　　(3) 관리인 한 명, 조리사 세 명, 식당 여종업원 스무 명, 청
　　　소 담당 여종업원 스무 명

3. 오늘 저녁에는 후식으로 정켓(우유를 응고시켜 젤리처럼 만든
달콤한 후식: 옮긴이)을 먹었습니다.

4. 셰익스피어 희곡을 소재로 특별한 글을 쓰고 있습니다.

5. 오늘 오후 농구 경기 중 루 맥마혼이 미끄러져 넘어졌습니다.

　1) 어깨뼈 탈골

　2) 무릎 타박상

6. 새로 산 모자의 장식입니다.

1) 파란 벨벳 리본

　　2) 파란 깃털 두 개

　　3) 빨간 방울 술 세 개

7. 지금 시각은 아홉 시 삼십 분입니다.

8. 안녕히 주무세요.

　　　　　　　　　　　　　　　주디 올림

7월 2일

키다리 아저씨께

얼마나 멋진 일이 있었는지 아저씨는 짐작도 못하실 거예요.

샐리 맥브라이드 가족이 애디론댁산에 있는 캠프에서 여름을
함께 보내자며 절 초대했답니다! 숲 한가운데에 있는 작고 아름
다운 호숫가의 클럽 회원이래요. 숲 여기저기엔 다른 회원
들의 통나무집도 있고요. 호수에서 카누를 타기도 하
고, 숲길을 따라 다른 캠프로 놀러 가기도 하고, 일주
일에 한 번은 클럽하우스에서 무도회도 연대요. 지미
맥브라이드의 대학 친구가 한동안 방문할 예정이라
니, 함께 춤출 남자는 충분하겠죠.

이렇게 절 초대해 주시다니, 맥브라이드 부인은 참 다정한 분이시죠? 크리스마스에 방문했을 때 제가 마음에 드셨나 봐요.

더 길게 못 써서 죄송해요. 이건 정식 편지라기보다는 그냥 여름을 어떻게 보낼지 알려 드리려고 쓴 글이거든요.

더할 나위 없이 만족스런

주디 올림

7월 5일

키다리 아저씨께

방금 아저씨의 비서가 보낸 편지를 보니, 스미스 씨는 제가 맥브라이드 부인의 초대를 거절하고 작년처럼 록 윌로우 농장에서 보냈으면 하신다더군요.

아저씨, 대체 왜 그러시는 거예요?

맥브라이드 부인은 제가 오길 진심으로 바라세요. 전 조금도 폐가 될 행동은 하지 않아요. 오히려 도움이 될 거예요. 하인들을 많이 데려가지 않는다니까 샐리와 제가 도움이 많이 될 거예요. 집안일을 배울 좋은 기회이기도 하고요. 여자라면 살림을 할 줄 알아야 하는데, 전 고아원 살림밖에 모르잖아요.

캠프에는 제 또래 여자아이들이 없어서 맥브라이드 부인은 제가 샐리와 함께 가길 바라세요. 우린 함께 책도 많이 읽을 계획이랍니다. 내년에 들을 국문학과 사회학 관련 책들을 모두 읽을 거예요. 이번 여름에 그 책들을 미리 읽어 두면 큰 도움이 될 거라고 교수님이 말씀하셨거든요. 같이 읽고 토론하면 기억하기도 훨씬 쉬울 거예요.

샐리 어머니는 한 집에서 지내는 것만으로도 배울 게 많은 분이세요. 세상에서 가장 재미있고 유쾌하고 다정하고 매력이 넘치는 분이시죠. 그분은 모르는 게 없어요. 제가 리펫 원장님과 얼마나 많은 여름을 보냈을지 생각해 보신다면 원장님과 정반대인 맥브라이드 부인의 호의를 제가 얼마나 고마워할지 아실 텐데요. 집이 비좁지 않을까 걱정하실 필요는 없어요. 고무 집처럼 늘어나니까요. 손님이 많으면 숲에 천막을 치고 남자들을 밖으로 내보내면 된대요. 멋지고 건강한 여름을 보낼 거예요. 지미 맥브라이드가 승마와 카누, 사격을 가르쳐 준댔어요. 아, 전 배워야 할 게 정말 많아요. 생전 처음 맛보는 즐겁고 신나고 근심 없는 날들이 될 거예요. 모든 여자아이들이 평생에 한 번쯤은 그런 시간을 만끽할 자격이 있다고 생각해요. 물론 전 아저씨가 시키는 대로 하겠지만요. 아저씨, 가게 해주세요. 태어나서 이렇게 무언가를 간절히 원해 본 적이 없어요.

지금 이 편지를 쓰는 사람은 미래의 위대한 작가, 제루샤 애벗이 아니에요. 그냥 보통 여자아이 주디라고요.

7월 9일

존 스미스 씨께

7일에 보내신 편지는 잘 받아 보았습니다. 귀하의 비서를 통해 받은 지시에 따라 돌아오는 금요일, 록 윌로우 농장으로 여름을 보내기 위해 떠날 예정입니다.

영원히 함께하고픈

제루샤 애벗 (양) 올림

 **록 윌로우 농장에서**

8월 3일

키다리 아저씨께

편지를 쓴 지 너무 오래되었네요. 잘하는 짓이 아니라는 건 저도 알지만, 올여름엔 아저씨를 그다지 사랑하지 않아서요. 제가 좀 솔직하죠! 샐리네 캠프에 못 가게 되어서 얼마나 속상했는지 아저씨는 상상도 못하실 거예요. 물론 아저씬 저의 후견인이시니 무슨 일이든 아저씨의 뜻에 따라야 한다는 건 알지만, 그 이유를 도통 모르겠어요. 저에게 다가온 최고의 기회였다고요. 제가 아저씨고, 아저씨가 저였다면 전 이렇게 말했을 거예요.

"잘됐구나, 애야. 가서 재미있게 지내렴. 새로운 사람들도 많이 만나고 새로운 것도 많이 배우도록 해라. 야외 생활을 하며 건강도 챙기고 그동안 공부하느라 지쳤을 테니 푹 쉬다 오려무나."

하지만 아저씨는 그러지 않으셨어요! 록 월로우 농장으로 가라는, 비서의 무뚝뚝한 글 한 줄뿐이었어요.

제가 속상한 건 아저씨의 명령이 너무 비인간적이었기 때문이에요. 제가 아저씨를 어떻게 생각하는지 눈곱만큼이라도 아신다면, 타자기로 친 비서의 딱딱한 편지 대신 가끔은 아저씨가 직접 쓰신 편지를 보내지 않았을까 싶어요. 아저씨가 절 생각하신다는 느낌이 조금이라도 들면 전 아저씨를 기쁘게 해드리기 위해 어떤 일이든 할 텐데.

어떤 답장도 바라지 말고 예의 바르고 길고 자세한 편지를 써야 한다는 건 알아요. 아저씨 입장에서는 대학 교육을 시켜 주기로 한 약속을 잘 지키고 있는데, 제 쪽에서 약속을 지키지 않는다고 생각하시겠죠!

하지만 아저씨, 이건 힘든 약속이에요. 정말 힘들어요. 얼마나 외로운지 몰라요. 아저씨는 제가 좋아할 수 있는 단 한 사람인데, 도무지 정체를 알 수 없는 분이세요. 아저씬 제가 만들어낸 가상의 존재일 뿐이죠. 실제 모습은 제 상상과 전혀 다를지도 몰라요. 하지만 제가 아파서 진료소에 입원해 있을 때 딱 한 번 카드를 보내 주셨죠. 전 지금도 절 기억하는 사람이 아무도 없다는 기분이 들 때마다 그 카드를 꺼내 몇 번이고 읽어 본답니다.

정작 하려던 말은 이게 아니고요. 말씀드리자면 이렇습니다.

제멋대로인 데다 독단적이고 비이성적이고 절대적이고 눈에 보이지 않는 신에게 선택되어 이리저리 휘둘리는 건 몹시 굴욕적인 일이라 아직도 속이 상하지만, 지금껏 제게 친절하고 관대하고 사려 깊게 대해 주신 아저씨 같은 분이라면 언제라도 제멋대로인 데다 독단적이고 비이성적이고 눈에 보이지 않는 신이 될 자격이 있다는 생각이 듭니다. 그래서 전 아저씨를 용서하고 다시 명랑해지기로 했어요. 하지만 캠프에서 즐거운 시간을 보내고 있다는 샐리의 편지를 받는 기분은 아직도 별로라고요!

어쨌거나 지난 일은 묻고 다시 시작하도록 해요.

전 이번 여름에 열심히 글을 쓰고 있습니다. 벌써 단편소설 네 편을 완성해서 잡지사 네 곳에 보냈어요. 보시다시피 전 작가가 되기 위해 노력 중이랍니다. 저비 도련님이 비 오는 날 놀곤

하던 다락방 한구석이 제 집필실입니다. 지붕창이 두 개 나있어 시원하고 바람이 잘 드는 데다 그늘을 드리워 주는 단풍나무 구멍엔 붉은 다람쥐 가족이 살아요.

조만간 농장 소식을 담아 더 멋진 편지로 찾아뵐게요.

비가 왔으면 좋겠네요.

아저씨의 한결같은

주디 올림

8월 10일

키다리 아저씨께

농장 연못가 버드나무의 두 번째 가지 위에 앉아 편지를 씁니다. 밑에선 개구리가 개골거리고, 위에선 매미가 노래하고, 작은 동고비 두 마리는 나무둥치를 오르락내리락하고 있어요. 여기 온 지 한 시간이나 됐지만 전혀 불편하지 않답니다. 소파 쿠션 두 개를 등에 받치고 나니 한결 편해졌어요. 불후의 단편을 쓸 작정으로 펜과 종이를 가지고 올라왔는데, 여주인공 행동을 제가 원하는 대로 만들 수가 없어서 골머리를 앓다가 소설은 잠시 젖혀 두고 아저씨에게 편지를 쓰고 있답니다. (아저씨도 제가 원하는 대로 행동하게 할 수 없으니 그리 큰 위안은 되지 않는군요.)

아저씨가 지금 그 끔찍한 뉴욕에 계신다면, 산들바람 불고 햇살 가득한 이 멋진 풍경을 보여 드리고 싶네요. 일주일 동안 비가 내린 뒤의 시골은 그야말로 천국입니다.

천국 이야기가 나와서 말인데 지난여름 말씀드린 켈로그 씨를 기억하세요? 코너스에 있는 하얗고 아담한 교회의 목사님 말이에요. 그분이 가엾게도 지난겨울에 폐렴으로 돌아가셨대요. 전 그분의 설교를 대여섯 번 들은 적이 있어서 그분의 신학 이론을 잘 알아요. 그분은 처음의 믿음을 끝까지 고수하셨죠. 마지막 순간까지 한 치의 흔들림도 없이 같은 생각을 할 수 있는 사람은 골동품처럼 박물관에 보존해야 하지 않을까 싶네요. 전 그분이 황금관을 쓰고 하프를 켜고 계시길 바랍니다. 천국에 가면 그런 게 있다고 철석같이 믿는 분이셨거든요! 후임으로는 정력적이고 젊은 목사님이 오셨답니다. 그런데 신도들의 반응이 신통치 않아요. 커밍스 집사님을 따르는 신도들이 특히 그래요. 교회에 심한 내분이 일어날 것 같은 조짐이 보인다니까요. 이 동네 사람들은 종교 개혁 같은 걸 좋아하지 않거든요.

비가 오는 일주일 동안 전 다락방에 앉아 책 읽기에 푹 빠졌답니다. 주로 스티븐슨의 책을 읽었죠. 스티븐슨은 자신이 쓴 책에 나오는 인물들보다 더 재미있는 사람이에요. 아마 자신을 주인공으로 썼어도 꽤 괜찮은 작품이 됐을 거예요. 아버지에게 물

려받은 엄청난 유산으로 요트를 사서 남태평양으로 항해를 떠났다니, 정말 그다운 행동 아니에요? 스티븐슨은 자신의 뜻대로 모험을 하며 산 사람이었어요. 저도 아버지에게 어마어마한 유산을 물려받았다면 똑같이 그랬을 거예요. 베일리마(스티븐슨이 노년을 보낸 사모아 섬에 있는 작은 마을: 옮긴이)를 떠올리면 가슴이 막 뛰어요. 전 열대 지방에 가고 싶어요. 온 세계를 다 보고 싶어요. 언젠가는 떠날 거예요. 정말이에요, 아저씨. 제가 위대한 작가나 화가나 배우, 극작가나 아무튼 훌륭한 사람이 되면 바로 실행에 옮길 테니 두고 보세요. 전 떠돌이 기질이 다분하답니다. 지도만 봐도 여행 채비를 하고 떠나고 싶어진다니까요.

"죽기 전에 남국의 야자수와 사원을 보고 말리라."

목요일 황혼 녘, 현관 계단에 앉아서

이 편지에는 새로운 소식을 찾기 힘드실 거예요! 주디는 요즘 아주 철학적으로 변해서 사소한 일상사보다는 넓은 세상사 전반에 대해 논하고 싶어 하거든요. 하지만 굳이 새 소식이 궁금하시다면 알려 드리죠.

지난주 목요일, 농장의 새끼 돼지 아홉 마리가 개울을 건너 멀리 달아났다가 여덟 마리만 돌아왔습니다. 부당하게 누구를 의

심하고 싶진 않지만, 과부인 다우드 부인 집에 돼지가 한 마리 더 늘어난 것 같습니다.

위버 씨는 헛간과 저장고를 샛노란 호박색으로 칠했습니다. 여간 보기 흉한 게 아닌데, 위버 씨는 그 색이 오래간다고 하네요.

이번 주에 브루어 씨 댁에 손님이 찾아왔습니다. 오하이오 주에서 온 브루어 부인의 여동생과 조카딸들입니다.

로드아일랜드레드종 닭이 낳은 알 열다섯 개 중에 세 개만 병아리로 부화했습니다. 뭐가 문제인지 도무지 이해가 안 가네요. 로드아일랜드레드종은 아주 열등한 품종이라는 게 제 생각입니다. 전 버프오핑턴종을 더 좋아한답니다.

보니릭 포 코너스에 있는 우체국 새 직원이, 보관 중이던 7달러짜리 자메이카 생강주를 한 방울도 남기지 않고 다 마셔 버린 것이 발각되었습니다.

아이라 해치 노인이 류머티즘에 걸려서 더 이상 일을 못하게 됐습니다. 돈벌이가 쏠쏠할 때 저축을 해놓지 않아 마을 사람들의 신세를 지며 살아야 할 형편이랍니다.

돌아오는 토요일 저녁에 학교에서 아이스크림 파티가 열립니다. 가족과 함께 오라고 하네요.

25센트를 주고 우체국에서 새 모자를 샀습니다. 이 그림은 저의 최근 모습으로, 건초를 모으러 가는 길입니다.

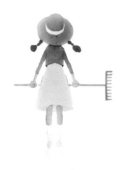

　너무 어두워져서 잘 보이지 않네요. 어차피 더 전할 소식도 없고요.

　안녕히 주무세요.

주디 올림

금요일

안녕하세요! 새로운 소식이 도착했습니다! 뭘까요? 록 윌로우 농장에 누가 오시는지 아저씨는 절대로, 전혀, 결코 짐작 못하실 거예요! 펜들턴 씨가 샘플 부인에게 편지를 보내셨어요. 자동차로 버크셔 일대를 돌아보는 중인데, 피곤해서 조용한 농장에서 쉬고 싶다며 언제든 밤중에 가더라도 묵을 방을 준비해 줄 수 있겠느냐는 내용이었죠. 일주일 계시다 갈지도 모르고 더 긴 시간을 머물게 될지도 몰라요. 일단 여기 오셔서 얼마나 편안하게 쉴 수 있는 곳인지 보시겠대요.

여긴 지금 난리가 났어요! 집 안 구석구석 대청소를 하고, 커튼도 몽땅 빨았답니다. 오늘 아침에 전 현관에 깔 새 방수포와 마루와 뒤쪽 계단에 칠할 갈색 페인트 두 통을 사러 코너스로 마차를 몰고 갈 거예요. 내일은 다우드 부인이 와서 창문 청소를 하기로 했고요. (워낙 급박한 상황인지라, 새끼 돼지를 둘러싼 의혹은 일단 접어 뒀어요.) 우리가 이렇게 수선을 피워 대니 평소엔 집이 지저분하다고 생각하실지 모르겠는데, 그건 절대 아니랍니다! 샘플 부인이 완벽한 건 아니지만, 그래도 살림꾼이라고요!

그런데 남자들은 원래 다 그런가요? 펜들턴 씨는 언제 이곳에 도착할지 전혀 눈치를 안 주셨어요. 우리는 그분이 오실 때까지 계속 숨 막히는 생활을 해야 해요. 빨리 오시지 않으면 우린 또 한 번 대청소를 해야 할지도 모른다고요.

애머세이가 짐마차에 그로버를 묶어 놓고 밑에서 기다리네요. 전 혼자 마차를 몰고 갈 거예요. 아저씨가 그로버 영감을 보신다면 제 안전은 걱정하지 않으실 거예요.

가슴에 손을 얹고 작별을 고합니다.

주디 올림

추신: 마지막 인사말이 멋지죠? 스티븐슨의 편지글에서 따왔답니다.

토요일

또 안녕하세요! 어제 우편집배원이 오기 전에 편지를 봉해 놓지 않아 못 부친 관계로, 몇 자 더 적겠습니다. 이곳에서는 하루에 한 번, 열두 시에 집배원이 와요. 시골에서 집배원이란 농부들에게 그야말로 축복이죠! 여기 집배원은 편지만 배달하는 게 아니라 시내 심부름도 해주는데, 한 건당 5센트씩이랍니다. 어제 저는 구두끈 몇 개와 콜드크림 한 통,(새 모자를 사기 전에 햇볕에 그을려 콧등이 다 벗겨졌어요.) 파란색 윈저 타이, 검정 구두약을 사다 준 대가로 집배원에게 10센트를 지불했어요. 주문한 게 많아서 특별히 싸게 해준 거예요.

그리고 우편집배원은 넓은 세상 소식도 전해 준답니다. 배달 구역 내에 신문을 받아 보는 집이 몇 군데 있어서, 걸어가는 동안 신문을 읽고는 구독하지 않는 집에다 그 소식을 알려 주는 거지요. 그러니까 혹시 미국과 일본 사이에 전쟁이 일어났다거나, 대통령이 암살당했다거나, 록펠러 씨가 존 그리어 고아원에 100만 달러를 기부했다고 해서 저한테 번거롭게 편지하실 필요는 없어요. 어쨌든 제 귀에 들리게 될 테니까요.

저비 도련님한테는 아직 아무런 소식이 없어요. 그래도 집이 얼마나 깨끗한지 아저씨도 한번 보셔야 해요. 집에 들어가기 전에 얼마나 열심히 신발을 턴다고요!

빨리 그분이 오셨으면 좋겠어요. 말벗이 너무 그리워요. 솔직히 샘플 부인과 이야기하는 건 좀 지루해요. 샘플 부인이 술술 풀어 놓는 이야기 속엔 다른 생각이 끼어들 틈이 없어요. 우스꽝스럽지만 그게 이곳 사람들의 특징이랍니다. 그들에겐 이 언덕이 세상의 전부죠. 바깥세상과는 아예 담을 쌓고 산다는 뜻이에요. 존 그리어 고아원과 어쩜 그리 똑같은지. 그곳에서 우리의 생각은 사방으로 둘러친 철책 안에 갇혀 있었죠. 그 당시엔 제가 어리고 너무 고단한 생활을 했던 탓에 그 심각성을 제대로 깨닫지 못했지만 말이에요. 아이들의 침대를 다 정리하고 하나하나 얼굴을 씻겨 주고, 학교 갔다 돌아와 다시 아이들의 얼굴을 씻기고 양말을 꿰매고 프레디 퍼킨스의 바지를 기워 주고(그 애는 바지를 안 찢어 먹는 날이 없었어요.) 그 사이사이 공부까지 하다 보면 어느새 잘 시간이니 타인과의 소통이 부족하다는 걸 느낄 새가 없었던 거죠. 하지만 대학에서 2년 동안 숱한 사람들과 대화를 하며 생활한 뒤라 그런지, 제대로 된 대화가 몹시 그리워요. 대화가 통하는 사람을 만나면 얼마나 좋을까요.

아저씨, 이젠 정말 편지를 다 쓴 것 같네요. 지금 당장은 더 쓸 말이 떠오르지 않아요. 다음번엔 더 길게 쓰도록 하겠습니다.

아저씨의 주디 올림

추신: 올해 양상추 농사는 글렀어요. 너무 일찍부터 가물어서 그래요.

8월 25일

아저씨, 저비 도련님이 오셨어요. 우린 정말 멋진 시간을 보내고 있답니다! 적어도 전 그래요. 그분도 그런 것 같아요. 여기 오신 지가 열흘이나 됐는데, 돌아갈 마음이 없어 보이거든요. 샘플 부인이 그분을 떠받드는 모습은 보기 민망할 정도예요. 어렸을 때도 그렇게 응석을 다 받아 주며 키웠을 텐데 어떻게 이렇게 반듯하게 자랐는지 모르겠어요.

저비 도련님과 전 집 밖 현관이나 나무 그늘 밑에 작은 식탁을 내놓고 식사를 한답니다. 비가 오거나 쌀쌀할 때는 집에서 가장 좋은 응접실에서 먹기도 하죠. 그분이 식사하고 싶은 곳을 고르기만 하면 캐리가 식탁을 들고 쪼르르 쫓아가요. 간혹 일이 너무 번거롭거나 접시를 아주 멀리까지 날라야 했을 경우, 그분은 캐리를 위해 설탕 그릇 밑에 1달러를 놓아둔답니다.

저비 도련님은 사람을 참 편하게 해주는 분이세요. 얼핏 보면 전혀 그래 보이진 않지만요. 첫인상은 딱 펜들턴 가문 사람이지만, 알고 보면 자상한 분이랍니다. 더할 나위 없이 소박하고 꾸밈없고 다정한 분이세요. 남자한테 이런 표현이 이상할진 몰라도 사실이 그래요. 이곳 농부들한테도 얼마나 친절하신지 몰라요. 신분을 떠나 인간 대 인간으로 대하니 사람들이 금세 마음을 연답니다. 처음엔 삐딱하게 보는 시선이 많았어요. 옷차림까지 못마땅해했을 정도니까요! 제가 봐도 옷차림이 좀 튀긴 해요. 니커보커 바지(무릎 아래에서 졸라매는 느슨한 반바지: 옮긴이)에 주름 잡힌 재킷, 하얀 플란넬 셔츠를 입거나 바지가 봉긋한 승마복을 입기도 하거든요. 저비 도련님이 새 옷을 입고 내려올 때마다 샘플 부인은 아주 뿌듯한 얼굴로 그분 주위를 빙빙 돌며 요리조리 훑어보시고는 아무 데나 앉지 말라고 주의를 주곤 한답니다. 샘플 부인은 옷이 더러워질까 봐 걱정이 이만저만이 아니에요. 그러면 그분은 질색을 하며 언제나 이렇게 말씀하시죠.

"그만 가서 일 보세요, 리지. 더 이상 나한테 이래라저래라 하지 말아요. 이젠 나도 어른이에요."

샘플 부인이 그렇게 덩치 크고 다리 긴 사람(아저씨만큼이나 다리가 길답니다.)을 무릎에 앉혀 놓고 얼굴을 씻겼다고 생각하면 얼마나 우스운지 몰라요. 특히나 그 무릎을 보면 말이죠! 지금 샘플 부인은 무릎이 이 단에다, 턱은 삼 단이나 되거든요. 저비 도련님 말로는, 그래도 한때는 빼빼하고 탄탄하고 날렵해서 그분보다 더 빨리 달렸다고 해요.

저비 도련님과 함께 새로운 경험을 많이 하고 있답니다! 수 킬로미터나 떨어진 시골을 탐사하기도 하고, 깃털로 만든 우스꽝스런 미끼로 낚시하는 법도 배웠어요. 소총과 권총 쏘는 법도 배웠고요. 승마도 배웠지요. 그로버 영감은 생각보다 훨씬 팔팔해요. 사흘 동안 귀리를 먹였는데, 송아지를 보고 놀라서 저를 태운 채 멀리 달아날 뻔했다니까요.

수요일

월요일 오후에 저비 도련님과 전 스카이힐산을 올랐어요. 농장 근처에 있는 산인데, 정상에 눈도 없고 아주 높은 산은 아니지만, 그래도 꼭대기까지 오르려면 제법 숨이 찬답니다. 낮은 비탈엔 나무들이 빽빽하게 들어차 있지만, 산마루는 돌무더기가 있는 탁 트인 황무지예요. 우리는 해가 질 때까지 그곳에 머물며 모닥불을 피워 저녁도 해먹었어요. 요리는 저비 도련님이 했어요. 저보다 더 잘할 거라며 자신했는데, 캠핑을 자주 다녀서인지 정말 솜씨가 대단하더라고요. 우리는 달빛을 받으며 산을 내려왔고, 숲길에 이르렀을 때는 너무 깜깜해서 저비 도련님이 호주머니에 넣어 가지고 온 손전등을 켰답니다. 진짜 재미있었어요! 그분은 내내 웃고 농담을 하며 재미있는 이야기를 해주셨어요. 제가 읽은 책들은 물론이고 다양한 분야의 책들을 두루 섭렵하셨더라고요. 다방면으로 어찌나 아는 게 많은지 놀라울 정도였어요.

오늘 아침엔 멀리까지 도보 여행을 갔다가 폭풍우를 만났어요. 옷이 흠뻑 젖어 집으로 돌아오긴 했지만, 마음만은 여전히 보송보송했죠. 우리가 빗물을 뚝뚝 흘리며 부엌으로 들어섰을 때 샘플 부인이 어떤 표정을 지었는지 아저씨도 보셨으면 좋았을 텐데요.

"에구머니! 저비 도련님, 주디 양! 둘 다 흠뻑 젖었네. 이런! 이

런! 이걸 어째? 저 좋은 새 코트를 다 망쳐 놨네."

얼마나 웃겼는지 몰라요. 누가 봤으면 우리는 열 살 난 애들이고 샘플 부인은 어쩔 줄 몰라 하는 엄마인 줄 알았을 거예요. 오죽하면 앞으로 차 마실 때 잼을 안 주면 어쩌나 하는 걱정까지 잠깐 들었다니까요.

토요일

오래전에 이 편지를 쓰기 시작했는데, 마칠 짬이 없었어요. 스티븐슨의 생각이 정말 멋지지 않나요?

세상은 수많은 것들로 가득 차 있으니
사람은 누구나 왕처럼 행복해야 한다.

정말 그래요. 세상은 행복으로 가득 차 있고, 가볼 곳도 많으니 자신에게 찾아오는 기회를 붙잡기만 하면 되는 거죠. 비결은 바로 유연한 사고예요. 특히나 시골에는 즐길 거리가 아주 많거든요. 어디나 걸어 다닐 수 있고, 어떤 풍경도 감상할 수 있고, 어느 개울에서든 물장구를 칠 수 있어요. 세금 한 푼 안 내고 제 땅인 양 마음껏 즐길 수 있답니다!

지금은 일요일 밤 열한 시입니다. 평소라면 잠에 푹 빠져 있을 시간이지만 저녁에 마신 블랙커피 때문인지 잠이 오질 않는 밤이네요.

　　오늘 아침에 샘플 부인이 저비 도련님에게 아주 단호한 어조로 이렇게 말했어요.

　　"열한 시까지 교회에 가려면 열 시 십오 분에 출발해야 해요."

　　그러자 저비 도련님이 대답했죠.

　　"잘 알았어요, 리지. 마차를 대기시켜요. 혹시 그때까지 내가 채비를 못 마치면 기다리지 말고 그냥 가요."

　　"기다릴게요."

　　샘플 부인이 대꾸했어요.

　　"좋을 대로 해요. 하지만 말들을 너무 오래 세워 두진 말아요."

　샘플 부인이 옷을 입는 동안, 저비 도련님은 캐리에게 점심 도시락을 싸게 하고, 저한테는 얼른 산책 나갈 준비를 하라고 했어요. 그리고 우리는 뒷길로 몰래 빠져나와 낚시를 하러 갔답니다.

　일요일에는 보통 두 시에 식사를 하는 농장 식구들로선 여간 당황스러운 일이 아니었죠. 그런데도 그분은 일곱 시에 식사를 준비하라고 하셨어요. 저비 도련님은 본인이 원하는 시간에 언제든 식탁을 차리게 해요. 여기가 무슨 레스토랑인 줄 아나 봐요. 그 바람에 캐리와 애머세이는 마차 나들이도 못 갔어요. 하지만 그분은 보호자도 없이 두 사람만 가는 건 옳은 일이 아니니 차라리 잘된 일이라고 하지 뭐예요. 어차피 본인도 저랑 나들이하려고 마차를 가져갔으면서 말이죠. 이렇게 말도 안 되는 이야기를 들어 보신 적 있으세요?

　가엾게도 샘플 부인은 일요일에 낚시를 하는 사람은 나중에 죽어서 펄펄 끓는 지옥에 떨어진다고 믿는답니다! 그래서 어린 시절에 저비 도련님을 좀 더 잘 교육하지 못했다는 생각에 무척 괴로워하세요. 게다가 그분을 교회에 데려가 한껏 자랑하고 싶은 마음도 있었거든요.

　어쨌든, 우리는 낚시를 했고(저비 도련님이 작은 물고기를 네 마리 낚았어요.) 잡은 물고기를 모닥불에 구워 점심으로 먹었답니다. 꼬챙이에 꽂은 물고기가 계속 불 속으로 떨어지는 바람에 약간 재 맛이 나긴 했지만, 그래도 맛있게 먹었어요. 우리는 네 시에 집으로 돌아왔고, 다섯 시에 마차를 타고 나들이를 나갔다가, 일곱 시에 저녁을 먹고, 열 시가 되어서야 침실로 왔어요. 그리고 이렇게 아저씨께 편지를 쓰고 있답니다.

그런데 슬슬 졸음이 밀려오네요.

안녕히 주무세요.

어이, 키다리 선장!

그만! 밧줄을 꼭 조여! 어기여차, 여기 럼주 한 병! 제가 무슨 책을 읽고 있게요? 이틀 동안 저와 저비 도련님과의 대화는 온통 항해와 해적에 대한 것뿐입니다. 『보물섬』은 정말 재미있는 책이죠? 혹시 읽어 보셨나요? 아니면 아저씨 어렸을 때는 그 책이 나오지 않았나요? 스티븐슨은 원고료로 겨우 30파운드를 받았대요. 위대한 작가에게 그 정도밖에 안 줬다니 믿기지가 않아요. 전 차라리 교사가 될까 봐요.

편지 가득 스티븐슨 이야기만 늘어놔서 죄송해요. 지금은 온통 스티븐슨에게 빠져 있거든요. 그리고 록 윌로우 농장 서재에서 읽을 만한 책은 그의 책들뿐이랍니다.

편지를 부치기 전에 다시 읽어 보니 이만하면 충분히 긴 것 같네요. 그러니 자세한 이야기를 쓰지 않았다는 말씀일랑은 마세요. 아저씨도 여기 계시면 얼마나 좋을까요. 우리 모두 즐거운 시간을 보낼 수 있을 텐데 말이에요. 전 저의 두 친구가 서로 알고 지냈으면 좋겠어요. 그래서 혹시 뉴욕에 사는 아저씨를 아는지 저비 도련님에게 묻고 싶었죠. 두 분 다 상류층에 속하고, 개혁 같은 것에 관심이 많으니 분명히 아는 사이일 거라는 생각이 들었거든요. 하지만 아저씨의 진짜 성함을 몰라서 물어보지 못했어요.

아저씨 성함을 모른다니, 이런 어처구니없는 일이 세상에 또 있을까요. 리펫 원장님은 아저씨가 엉뚱한 분이라고 하셨는데, 저도 동감이에요!

애정을 담아

주디 올림

추신: 편지를 훑어보니 스티븐슨 이야기만 있는 건 아니군요. 저비 도련님에 대한 이야기도 한두 가지 있네요.

9월 10일

아저씨께

저비 도련님이 떠나서 다들 그리워하고 있답니다! 사람이든 장소든 생활 방식이든 익숙해졌다가 갑자기 사라지면 끔찍한 허전함과 고통이 남게 되는 법이죠. 샘플 부인과 나누는 이야기는 간을 맞추지 않은 음식처럼 재미가 없네요.

곧 있으면 개학이라 다시 공부할 생각을 하니 기뻐요. 이번 여름엔 글을 많이 썼답니다. 단편 소설이 여섯 편, 시가 일곱 편이에요. 여러 잡지사에 보내 봤는데, 하나같이 정중하고도 신속하게 반송되었어요. 하지만 괜찮아요. 좋은 연습이 되었으니까요. 저비 도련님도 제 작품을 읽어 보셨어요. 그분이 우편물을 가져오시는 바람에 숨길 수가 없었거든요. 그분은 제 글이 형편없다고 하셨어요. 글 속에 제 생각이 조금도 담겨 있지 않다면서요.(저비 도련님은 예의를 차린답시고 빈말을 하는 분이 아니세요.) 하지만 대학 생활을 짧게 묘사한 마지막 작품은 나쁘지 않다고 하셨어요. 그분이 친절하게 제 글을 타이프로 쳐주셔서 그 작품을 잡지사로 보냈답니다. 아직 연락이 오지는 않았어요. 잡지사에서 아마 고심 중인가 봐요.

저 하늘을 보셔야 하는데! 오묘한 오렌지빛이 온 세상을 비추고 있어요. 폭풍이 오려나 봐요.

폭풍 이야기를 하자마자 동전만 한 빗방울이 떨어지기 시작하더니 덧문을 마구 흔들고 있어요. 캐리가 우유 냄비를 한 아름 안고 다락으로 올라와 비가 새는 지붕 밑에 놓는 사이, 전 창문을 닫으러 달려가야 했지요. 그런 다음 자리에 돌아와 다시 펜을 들려는데, 문득 과수원 나무 아래에 놓고 온 쿠션과 깔개, 모자와 매튜 아놀드 시집이 생각나지 뭐예요. 얼른 달려가 가져오긴 했지만 전부 다 흠뻑 젖은 뒤였어요. 시집의 빨간 표지색이 안까지 스며들어,『도버 연안』(매튜 아놀드의 시집 제목: 옮긴이)

엔 이제 분홍빛 파도가 출렁거리게 생겼어요.

시골에는 폭풍우가 큰 골칫거리랍니다. 밖에 있는 물건들이 망가지지 않도록 늘 신경을 곤두세워야 하거든요.

화요일

아저씨! 아저씨! 어떻게 생각하세요? 방금 집배원한테서 편지 두 통을 받았어요.

첫 번째 편지는 제 글이 팔렸다는 소식이었어요. 원고료는 50 달러.

따라서! 이제 전 작가랍니다.

두 번째 편지는 학교에서 온 건데요. 제가 장학금을 받게 됐대요. '국문학에 탁월한 소질을 보이고 기타 과목이 우수한 학생을 위해' 우리 학교 졸업생이 만든 장학금인데, 그걸 제가 받게 된 거예요! 농장에 오기 전에 신청을 하긴 했지만, 1학년 때 수학과 라틴어 성적이 나빠서 전혀 기대 안 했거든요. 아마 다른 과목들 성적이 많이 참작됐나 봐요. 이제 아저씨 부담을 한결 덜어 드릴 수 있게 되어 얼마나 기쁜지 몰라요. 앞으로는 매달 주시는 용돈만 있으면 되겠어요. 용돈도 글을 쓰거나 과외를 해서 충당할 수 있을 것 같아요.

어서 학교로 돌아가 공부하고 싶은 마음이 굴뚝같아요.

아저씨의 영원한

제루샤 애벗 올림

『2학년이 경기에서 우승하던 날』의 저자.
전국 신문 가판대에서 10센트에 판매 중.

9월 26일

키다리 아저씨께

다시 학교로 돌아왔고, 전 3학년이 됐답니다. 공부방도 더 좋아졌어요. 남쪽으로 커다란 창 두 개가 있고요. 와! 가구들도 장난 아니에요. 무제한급으로 용돈을 받는 줄리아가 우리보다 이틀 먼저 도착해 부지런히 방을 꾸몄거든요.

벽지도 새로 바르고 동양풍 깔개에 마호가니 의자까지 들여놓았답니다. 작년에 우리 사랑을 톡톡히 받은 마호가니 도색 의자가 아니라 진짜 마호가니랍니다. 호화롭긴 하지만 왠지 제 방 같다는 생각은 안 드네요. 잉크라도 떨어뜨리면 어쩌나 싶어 늘 조마조마하거든요.

그리고 아저씨의 편지가 절 기다리고 있었지요. 아니, 아저씨 비서가 보낸 편지 말이에요.

제가 왜 장학금을 받으면 안 되는지 납득할 만한 이유를 말씀해 주시겠어요? 아저씨가 반대하시는 이유를 도무지 모르겠어요. 하지만 어차피 반대하셔도 소용없을 거예요. 장학금은 이미받았고 무를 생각도 전혀 없으니까요! 제 말이 버릇없게 들릴지는 모르겠지만, 무례하게 굴 뜻은 없답니다.

제 교육을 맡겠다고 하셨을 때, 아저씨는 아마 제가 모든 과정을 무사히 마치고 졸업장을 딸 때까지 책임지고 싶으셨겠죠.

하지만 조금이라도 제 입장을 생각해 보세요. 아저씨가 학비를 전부 부담하시면 그만큼 신세를 지게 되는 거지요. 물론 아저씨가 그 돈을 받을 생각이 없다는 건 잘 알고 있어요. 그래도 할 수 있는 한 갚고 싶은 게 제 마음이에요. 그러니 이 장학금을 받으면 얼마나 수월해지겠어요. 남은 평생 빚을 갚으며 살아야지 했는데, 장학금 덕분에 그 기간이 반으로 줄어들게 됐잖아요.

제 입장을 이해해 주시고 언짢아하지 않으시면 좋겠어요. 용돈은 감사하는 마음으로 계속 받을게요. 줄리아와 그 애가 사다 놓은 가구 수준에 맞춰 살려면 용돈은 필요하니까요! 줄리아 취향이 좀 더 소박하든가, 제 룸메이트가 아니었으면 좋을 뻔했어요.

편지가 시원찮네요. 원래는 길게 쓰려고 했어요. 그런데 창문 커튼 네 개랑 칸막이 커튼 세 장을 감침질하고(아저씨가 바늘땀을 볼 수 없어서 다행이에요.) 가루치약으로 황동 책상이며 문구를 닦고,(아주 고된 작업이에요.) 손톱 가위로 그림을 걸었던 철사를 자르고, 책이 든 상자 네 개를 정리하고, 옷 트렁크 두 개를 풀어 놓고,(제루샤 애벗이 트렁크 두 개에 가득 담긴 옷들의 주인이라는 게 믿기지 않겠지만, 사실이랍니다!) 다시 만나 반갑다며 중간중간 찾아오는 친구들 오십 명과 인사를 주고받다 보니 이렇게 되었답니다.

개학날은 정말이지 즐거워요!

안녕히 주무세요, 아저씨. 그리고 아저씨의 병아리가 혼자 힘으로 일어서려 한다고 해서 노여워 마세요. 똑 부러진 울음소리와 아름다운 깃털을 가진 혈기왕성한 암탉으로 잘 자라고 있으니까요. (다 아저씨 덕분이에요.)

애정을 담아
주디 올림

9월 30일

아저씨께

아직도 장학금 타령이세요? 아저씨처럼 고집 세고 완고하고
터무니없고 끈질기고 집요하고 다른 사람의 입장은 생각할 줄
모르는 사람은 처음 봤어요.

모르는 사람의 호의는 받아들이는 게 아니라고요? 모르는 사
람이라니! 그럼 아저씨는 누구신가요? 제가 아저씨만큼 모르는
사람이 세상에 또 있나요? 길거리에서 마주쳐도 알아보지 못할
텐데요. 아저씨가 이성적이고 분별력도 있으시고, 어린 주디에게
아버지처럼 자상하고 용기를 주는 편지도 보내 주고, 이따금 찾
아와 머리도 쓰다듬어 주며, 착하게 자라 줘서 고맙다는 말을 하
는 그런 분이었다면 주디도 아마 나이 든 아저씨를 조롱하는 대
신 착실한 딸처럼 어떤 사소한 바람이라도 들어드렸을 거예요.

모르는 사람이라니요! 그럼 아저씨는 유리 온실에라도 사는

분이신가요, 스미스 씨?

 게다가 장학금은 호의가 아니라 상이나 마찬가지예요. 제가 열심히 공부해서 받은 거라고요. 국문학 쪽에 실력이 되는 학생이 없었다면 협회에서 아예 장학금을 지급하지 않았을 거예요. 몇 년씩이라도 말이죠. 하긴 남자랑 실랑이를 해서 무슨 소용이 있겠어요? 스미스 씨는 논리가 전혀 안 통하는 남성인걸요. 그래서 남자를 따르게 하는 방법에는 달래거나 거스르는, 두 가지밖에 없다고 하죠. 전 원하는 걸 얻자고 남자를 달래는 그런 부끄러운 짓은 경멸해요. 그러니까 아저씨의 뜻을 거스를 수밖에 없어요.

 장학금을 포기하라는 말씀은 따르지 않겠습니다. 계속해서 반대하신다면 매달 주시는 용돈도 받지 않고, 머리 나쁜 1학년들 과외나 하며 신경쇠약에 걸리고 말겠어요.

 이건 최후통첩입니다!

 그리고 생각을 좀 해봤는데요. 제가 장학금을 받아서 다른 사람이 공부할 기회를 뺏을까 그렇게 염려되신다면 방법이 있어요. 제 학비를 존 그리어 고아원에 있는 다른 여학생을 교육하는 데 쓰는 거예요. 괜찮은 생각 같지 않아요? 단, 아저씨가 원하는 만큼 공부를 시키시되 저보다 더 예뻐하지는 말아 주세요.

 아저씨 비서가 편지에 써 보낸 제안에 제가 전혀 관심을 보이지 않았다고 해서 속상해하진 않겠지요. 그래도 할 수 없어요.

그분은 응석받이 아이인걸요. 지금까진 그 변덕을 순순히 받아 줬지만, 이번엔 저도 강경하게 나갈 거라는 걸 알아주세요.

하늘이 두 쪽 나도 결심을 바꾸지 않을
제루샤 애벗 올림

11월 9일

키다리 아저씨께

오늘은 검정 구두약과 옷깃 몇 개, 새 블라우스 옷감, 제비꽃 크림, 카스티야 비누를 사러 시내에 나갔습니다. 없으면 하루도 못 견디는 그런 필수품들이죠. 그런데 차비를 내려고 보니 다른 코트 주머니에 지갑을 두고 온 거예요. 전 차에서 내려 다음 차를 타고 가느라 체육 시간에 지각하고 말았어요.

기억력이 나쁜 사람에게 코트가 두 벌이나 있다는 건 여간 골치 아픈 일이 아니랍니다!

줄리아 펜들턴이 크리스마스 휴가를 자기 집에서 보내자고 초대했어요. 어떻게 생각하세요, 스미스 씨? 존 그리어 고아원 출신의 제루샤 애벗이 부잣집 식탁에 앉아 있는 모습을 상상해 보세요. 줄리아가 왜 절 초대했는지 모르겠어요. 요즘 들어 부쩍 저한테 관심을 보이네요. 솔직히 말해 샐리네 집에 가고 싶은 마음이 훨씬 크지만, 줄리아가 먼저 초대했으니 제가 만약 어디를 간다면 그건 우스터가 아니라 뉴욕이 될 거예요. 펜들턴 집안의 사람들을 무더기로 만날 생각을 하니 살짝 겁이 나기도 하네요. 새 옷도 많이 준비해야 하겠죠. 그러니 아저씨, 제가 학교에 조용히 남아 있는 게 좋겠다고 편지를 보내 주시면 평소처럼 아저씨가 시키는 대로 고분고분 따르겠습니다.

요즘 전 틈틈이『토머스 헉슬리의 생애와 편지』를 읽고 있습니다. 내용이 가볍고 재미있어서 시간 날 때마다 읽기 좋아요. 시조새가 뭔지 아세요? 새의 일종이랍니다. 그럼 스테레오그나투스는요? 저도 잘은 모르겠지만, 이빨이 있는 새나 날개 달린 도마뱀처럼 화석이 발견되지 않은 멸종 동물이 아닌가 싶어요. 아, 아니에요. 방금 책에서 찾았어요. 중생대의 포유동물이라네요.

올해는 경제학을 선택했어요. 상당히 계몽적인 과목이죠. 이걸 마치면 '자선과 개혁'이라는 수업을 들을 거예요. 그러면 고아원을 어떻게 운영해야 하는지 알게 되겠지요, 평의원님. 제가 선거권을 가지면 훌륭한 유권자가 될 것 같지 않으세요? 지난주에 스물한 살이 되었답니다. 저같이 정직하고 교양 있고 양심적이고 지적인 시민에게 선거권을 주지 않다니, 이건 엄청난 국가적 낭비라고 생각해요.

12월 7일

키다리 아저씨께

줄리아네 집에 갈 수 있게 허락해 주셔서 감사합니다. 응답이 없으니 승낙하시는 걸로 알겠습니다.

그동안 사교 행사 때문에 정신이 없었답니다! 지난주에 개교 기념 파티가 있었거든요. 상급생들만 참가할 수 있는 파티인데, 우리는 올해가 처음이었어요.

전 지미 맥브라이드를 초대했고, 샐리는 프린스턴 대학에서 지미와 같은 방을 쓰는 친구를 초대했어요. 지난여름에 샐리네 가족 캠프에 갔던 아주 괜찮은 사람이에요. 줄리아는 뉴욕에서 어떤 남자를 초대했는데, 그다지 재미있진 않아도 사교적으로는 흠잡을 데가 없었어요. 치체스터 가문과 관련된 사람이라네요. 아저씨한텐 어쩜 이 사실이 중요하겠죠? 하지만 저한텐 아무 의미가 없답니다.

어쨌거나 우리의 초대 손님들은 금요일 오후 4학년 강의실 복도에서 열린 차 모임에 제시간에 도착했고, 저녁을 먹으러 곧장 호텔로 갔어요. 그런데 호텔이 만원이라 당구대 위에서 나란히 누워 잤다지 뭐예요. 그래서 지미 맥브라이드는 다음에 또 초대를 받으면 천막을 가져와서 교정에 치고 자겠대요.

손님들은 일곱 시 삼십 분에 학교로 다시 돌아와 총장 환영회와 무도회에 참석했어요. 우리는 일찌감치 준비를 서둘렀답니다! 남자용 카드를 미리 만들어 놨다가 춤이 한 곡씩 끝날 때마다 남자들을 자기 성의 첫 글자가 적힌 카드 밑에 모이게 해서 여자들이 다음 파트너를 쉽게 찾을 수 있게 했지요. 예를 들어, 지미 맥브라이드는 파트너가 찾아올 때까지 M자 밑에 가만히 서있으면 되는 거예요.(그런데도 지미 맥브라이드는 가만 못 기다리고 자꾸 R자로, S자로, 다른 글자로 제멋대로 돌아다녔답니다.) 여간 골치 아픈 손님이 아니었어요. 나하고 세 번밖에 춤을 못 췄다며 심통을 내고 있는 거예요. 모르는 여자들하고 춤을 추는 게 쑥스럽다나요!

다음 날 아침에는 합창 발표회가 있었는데, 합창곡에 재미있는 가사를 붙인 사람이 과연 누굴까요? 네, 맞아요. 제가 했어요. 오, 아저씨, 어리기만 했던 고아 꼬마가 점점 유명 인사가 되어 가고 있다고요!

아무튼 우리는 이틀 동안 정말 즐거웠고, 남자들도 재미있게 보낸 것 같아요. 처음엔 천 명이나 되는 여학생을 만난다는 생각에 어쩔 줄 몰라 하던 남자들도 있었지만, 이내 익숙해졌지요. 두 명의 프린스턴 대학생들도 즐겁게 지냈어요. 말로만 그런 건지는 몰라도 정중하게 내년 봄에 프린스턴 대학에서 열리는 무도회에 우리를 초대했답니다. 벌써 승낙했으니까, 제발 반대하지 말아 주세요, 아저씨.

줄리아와 샐리와 전 모두 새로 산 드레스를 입었어요. 어떤 옷인지 궁금하세요? 줄리아는 크림색 새틴에 금색 자수를 놓은 드레스에 자주색 난초를 달았어요. 파리에서 공수해 온 수백만 달러짜리 드레스로, 꿈에서나 볼 것같이 환상적이었죠.

샐리의 드레스는 연하늘색에 페르시아 자수가 놓인 것인데, 붉은색 머리와 멋지게 어울렸어요. 수백만 달러까지는 아니어도 줄리아의 드레스 못지않게 아름다웠답니다.

저는 베이지색 레이스와 장밋빛 새틴으로 장식한, 주름진 연분홍 드레스를 입었어요. 그리고 지미 맥브라이드가 보내 준 진홍색 장미를 들었죠.(샐리가 지미에게 무슨 색을 사야 하는지 말해 줬거든요.) 그리고 모두 실크 스타킹에 새틴 구두를 신고, 각자에게 어울리는 시폰 스카프를 둘렀답니다.

여자들의 옷차림을 이렇게까지 세세하게 듣다니 정말 놀라우시죠?

시폰이며 베니스풍 레이스, 손 자수, 아일랜드식 코바늘뜨기 같은 말이 남자들에겐 아무 의미도 없다고 생각하니, 남자들의 삶이 얼마나 무미건조할까 싶네요. 하지만 여자들은 관심사가 아이든, 미생물이든, 남편이든, 시든, 하인이든, 평행사변형이든, 정원이든, 플라톤이든, 카드놀이든 상관없이 기본적으로 항상 옷에 관심을 둔답니다.

이건 온 세상 사람들을 하나로 이어 주는 자연의 원리예요.(제 말은 아니고요. 셰익스피어의 희곡에서 따왔답니다.)

어쨌든 다시 하던 이야기로 돌아갈게요. 최근에 알게 된 비밀 한 가지 알려 드릴까요? 절 허영덩어리로 생각하지 않는다고 약속하실 거죠? 그럼 말씀드릴게요.

전 예뻐요.

정말이라니까요. 방에 거울을 세 개나 두고도 그걸 모른다면 완전 바보게요?

어떤 친구가

추신: 이번 편지는 소설에 흔히 등장하는 짓궂은 익명의 편지 중 하나랍니다.

12월 20일

키다리 아저씨께

시간이 얼마 없어요. 강의를 두 과목이나 듣고, 트렁크와 옷 가방을 하나씩 싸서 기차를 타러 가야 하거든요. 하지만 크리스마스 선물을 보내 주셔서 얼마나 감사한지 몇 줄이라도 편지를 쓰지 않으면 떠날 수가 없을 것 같아요.

모피 목도리와 목걸이, 스카프, 장갑, 손수건, 책, 지갑 모두 마음에 쏙 듭니다. 그래도 가장 좋은 건 아저씨랍니다! 하지만 이런 식으로 제 버릇을 망치시면 안 돼요. 전 평범한 인간일 뿐이고, 그것도 여자아이라고요. 그런 세속적이고 가당찮은 물건들로 제 마음을 흩뜨려 놓으시면 제가 어떻게 공부에 전념할 수 있겠어요?

존 그리어 고아원의 평의원들 중에서 어느 분이 해마다 크리스마스트리를 보내 주고 일요일에 아이스크림을 먹게 해주셨는지 이제 확실히 감이 오네요. 그분도 성함을 밝히진 않으셨지만, 행적을 보아하니 딱 누구네요! 그렇게 좋은 일을 많이 하시니 아저씨는 분명히 복 받으실 거예요.

안녕히 계세요. 즐거운 성탄 보내시길 바랍니다.

아저씨의 한결같은

주디 올림

추신: 저도 작은 선물을 보냅니다. 아저씨가 절 만나신다면 마음에 들 것 같으세요?

1월 11일

원래는 아저씨께 뉴욕에서 편지를 쓰려고 했는데요. 뉴욕이 워낙 정신을 쏙 빼놓는 도시라서 말이죠.

재미있기도 하고 배운 것도 많은 시간이었지만, 제가 그런 집 안사람이 아니라서 얼마나 다행인지 모르겠어요! 차라리 존 그리어 고아원 출신인 게 더 나아요. 성장 환경이 아무리 나빴다고는 해도 최소한 가식은 없었으니까요. 물질에 짓눌려 산다는 게 무슨 말인지 이제 알겠어요. 집안 전체가 물질에 단단히 휘둘려 있는 느낌이었어요. 돌아오는 기차에 오를 때까지 숨 한 번 제대로 못 쉴 정도였죠. 모든 가구는 조각이 되어 있고 덮개를 씌워 놓았으며 호화로웠어요. 제가 만난 사람들은 멋진 차림에 나직한 목소리로 대화하며 교양 있게 행동했지만, 솔직히 그곳에 도착해서 떠날 때까지 대화다운 대화는 한 번도 나누지 못했어요. 그 집 현관으론 제대로 된 생각이 들어간 적이 없는 모양이에요.

펜들턴 부인의 머릿속엔 보석과 의상실, 사교 모임밖에 없어요. 맥브라이드 부인과는 다른 세상에 사는 사람인 것 같았다니까요! 제가 결혼해서 가정을 꾸린다면 맥브라이드 집안과 똑같이 만들려고 노력할 거예요. 이 세상 돈을 다 준대도 제 아이들을 펜들턴 사람들처럼 키우진 않겠어요. 초대해 준 사람들을 이렇게 나쁘게 말하는 건 예의가 아니겠지요. 만약 그렇다면 용서하세요. 이건 아저씨와 저만 아는 비밀로 하기로 해요.

저비 도련님은 차 마시는 시간에 딱 한 번 보았을 뿐, 단둘이 이야기할 기회는 없었어요. 지난여름에 함께 즐거운 시간을 보낸 터라 조금 아쉬웠어요. 그분은 친척들을 그다지 좋아하지 않나 봐요. 그건 친척들도 마찬가지고요! 줄리아의 어머니는 저비 도련님이 안정을 못 찾고 있대요. 그분은 사회주의자랍니다. 그래도 머리를 기른다거나 빨간 타이를 매지는 않으니 천만다행이죠. 줄리아의 어머니는 그분이 어디서 그런 이상한 사상에 물들었는지 도통 모르겠대요. 펜들턴 가문은 대대로 영국 성공회를 믿어 왔거든요. 요트나 자동차, 폴로 경기용 조랑말 같은 것엔 관심도 없고 분별없이 개혁이니 뭐니 말도 안 되는 데다 돈을 쏟아붓는다나요. 하지만 저비 도련님은 사탕 사는 데도 돈을 쓰시는걸! 줄리아와 저한테 크리스마스 선물로 한 통씩 보내 주셨다고요.

있잖아요, 저도 사회주의자가 될까 봐요. 그래도 괜찮죠, 아저씨? 무정부주의자하곤 완전히 다르답니다. 사람들에게 폭탄을 던지는 짓은 안 하거든요. 전 어쩜 태어날 때부터 사회주의 자였는지도 몰라요. 전 프롤레타리아니까요. 어떤 사회주의자 가 될지는 아직 결정하지 못했어요. 일요일에 찬찬히 생각해 보고 나서 다음 편지에 그 결과를 발표하겠습니다.

뉴욕에서 지내는 동안 극장이며 호텔, 아름다운 저택들에 둘러싸여 지냈답니다. 그래서인지 제 머릿속은 지금 금박 장식, 모자이크 마루와 야자수들이 뒤엉겨 무척 혼란스럽습니다. 여전히 숨이 막히기는 해도, 학교로 돌아와 공부할 수 있게 되어 기뻐요. 제가 학생은 학생인가 봐요. 뉴욕보다 이런 학구적이고 조용한 분위기에서 더욱 활력이 생기니 말이에요.

학교생활은 아주 만족스러워요. 책과 공부와 규칙적인 수업은 정신을 일깨워 주고, 마음이 지칠 땐 체육관이나 밖에서 운동도 할 수 있고, 생각이 같고 뜻이 맞는 친구들도 늘 곁에 있으니까요. 우리는 저녁 내내 이야기하고 또 이야기하다가 심각한 세상 문제 몇 가지를 해결하기라도 한 양 뿌듯한 마음으로 잠자리에 들죠. 틈만 나면 말도 안 되는 우스갯소리와 불쑥 떠오르는 하찮은 농담을 주고받기 일쑤지만, 그것도 아주 좋아요. 스스로의 재치에 막 감탄한다니까요!

정작 중요한 건 엄청난 즐거움보다는 작은 것에서 즐거움을 찾아내는 자세랍니다. 전 행복해지는 진짜 비결을 알아냈어요. 바로 현재를 사는 거예요. 과거에 얽매여 평생을 후회하며 산다거나 미래에 기대는 것이 아니라 지금 이 순간 최대의 행복을 찾아내는 거죠. 순간순간을 즐기고, 즐기는 동안은 제가 즐기고 있다는 사실을 똑똑히 인식할 거예요. 사람들은 대부분 인생을 산다기보다는 경주하고 있을 뿐이에요. 지평선 멀리에 있는 목표에 도달하려고 무던히 애를 쓰죠. 한창 헉헉대며 달려가느라 아름답고 평화로운 전원 풍경엔 눈길 한번 못 주고 말이에요. 그러다 어느 날 문득, 자신이 늙고 지쳤으며 목표에 도달하고 안 하고는 그리 중요한 일이 아니라는 사실을 깨닫게 되는 거죠. 전 위대한 작가가 못 되더라도 길가에 앉아 작은 행복을 쌓아 올리기로 마음먹었어요. 저만큼 쑥쑥 성장하는 여류 철학자를 보신 적이 있나요?

아저씨의 영원한

주디 올림

추신: 오늘 밤엔 비가 억수같이 내리네요. 빗방울이 창문을 요란하게 두드리기 시작했어요.

친애하는 동지에게

만세! 전 페이비언이 되었어요. 점진적인 변화를 기다릴 줄 아는 사회주의자죠. 우리는 내일 아침 당장 세상이 바뀌길 바라지 않습니다. 그러면 혼란이 이만저만이 아닐 테니까요. 먼 미래에 사람들이 만반의 준비를 갖추고 충격을 견뎌 낼 수 있을 때까지 아주 천천히 변화하길 바라지요.

그동안 우리는 준비 차원에서 산업과 교육과 고아원 개혁에 힘을 써야 한답니다.

동지애를 전하며
주디 올림

2월 11일
키다리 아저씨께

편지가 너무 짧다고 뭐라 하지 마세요. 이건 편지라기보다는 시험이 끝나자마자 편지를 쓰겠다는 쪽지일 뿐이니까요. 전 시험에 통과하는 건 기본이고, 우수한 성적으로 통과해야 해요. 장학생이라는 이름이 부끄럽지 않으려면 말이죠.

열심히 공부하는

J. A

3월 5일

키다리 아저씨께

오늘 저녁, 커일러 총장님께서 경박하고 천박해진 젊은 세대들을 주제로 연설을 하셨어요. 우리들이 열정적인 노력과 참된 학구 정신이라는 오랜 이상을 상실했다고 하시더군요. 특히나 권위를 우습게 보는 태도가 두드러진다면서요. 웃어른을 더 이상 공경할 줄 모른대요.

전 아주 숙연한 마음으로 교회를 나왔어요.

제가 너무 스스럼없이 아저씨를 대해서 섭섭하셨나요? 좀 더 거리를 두고 정중하게 대해야 할까요? 네, 그래야겠죠. 그럼 다시 시작하겠습니다.

친애하는 스미스 씨께

1학기 기말고사를 무사히 통과했다는 소식을 들으면 기쁘시겠죠. 이젠 새 학기 공부를 시작했습니다. 화학은 정성 분석 과정을 마지막으로 마치고, 생물학 수업을 듣고 있습니다. 그런데 지렁이와 개구리를 해부한다고 해서 조금 꺼림칙한 마음이 드네요.

지난주 예배 시간에는 남프랑스에 남아 있는 로마 유적에 대한 아주 흥미진진하고 값진 강연을 들었습니다. 그 주제를 그렇게 이해하기 쉽게 설명한 강연은 처음이었어요.

국문학과 관련해서는 워즈워스의『틴턴 사원』을 읽고 있습니다. 얼마나 섬세하고 범신론적인 작가의 관점이 잘 드러난 작품인지 몰라요! 19세기 초 셸리, 바이런, 키츠, 워즈워스 같은 시인들의 작품에 나타난 낭만주의 사조가 이전의 고전주의보다 훨씬 더 제 마음에 와닿습니다. 시 이야기가 나와서 말인데, 테니슨의「록슬리 홀」이라는 짧고 매력적인 시를 읽어 보셨는지요?

요즘에는 체육관에도 아주 규칙적으로 나간답니다. 학생 감독 제도가 생겨서 규칙을 어길 경우 불이익이 상당하거든요. 체육관에는 시멘트와 대리석으로 만든 멋들어진 수영장이 있습니다. 같은 방을 쓰는 맥브라이드 양이 자기 수영복을 줘서(너무 줄어서 못 입는대요.) 수영 강습을 들을 생각입니다.

어제저녁에는 맛있는 분홍색 아이스크림이 후식으로 나왔습니다. 음식에 색을 낼 때는 식물성 염료만 써요. 학교에서 맛과 위생상의 이유로 화학 염료 사용을 강력히 반대하거든요.

요 며칠 동안 날씨가 무척 좋았어요. 햇살이 환히 비추는 가운데 이따금 구름이 몰려와 반갑게 눈을 뿌리곤 했지요. 친구들과 전 강의실을 오가며 걷는 시간을 즐겼답니다. 특히 마치고 오는 시간을요.

친애하는 스미스 씨, 늘 건강하시리라 믿습니다.

최고의 존경을 담아

제루샤 애벗 올림

4월 24일

아저씨께

봄이 왔어요! 학교 교정이 얼마나 아름다운지 한번 보셔야 해요. 어쩌면 아저씨 혼자 오셔서 보실지도 모르겠군요. 지난주 금요일엔 저비 도련님이 학교에 다시 오셨는데, 때를 잘못 맞춰 오셨지 뭐예요. 샐리와 줄리아와 제가 막 기차를 타러 가던 참이었거든요. 어디 가는 길이었게요? 바로 프린스턴 대학에서 열리는 축제에 참석하러 가던 길이었답니다! 아저씨께 허락을 여쭙지 않은 건 아저씨 비서가 안 된다고 할 것 같아서였어요. 하지만 절차는 제대로 밟았답니다. 결석계도 냈고, 맥브라이드 부인이 보호자로 동행해 주셨어요. 정말 재미있는 시간을 보냈지만 자세한 이야기는 하지 않을래요. 이야기하자면 너무 길고 복잡하거든요.

토요일

동트기 전 기상! 야간 경비원 아저씨가 저와 친구들을 깨워 주셨지요. 우리는 풍로가 달린 냄비에 커피를 끓여 마시고(커피 찌꺼기가 그렇게 많이 나온 건 처음 봤어요!) 3킬로미터를 걸어 일출을 보러 갔답니다. 마지막 비탈은 기어 올라가야 했어요! 하마터면 우리보다 해가 먼저 뜰 뻔했지 뭐예요! 그렇다고 설마 우리가 아침 식욕을 잃었다고 생각하시는 건 아니겠죠!

이런, 오늘은 편지가 거의 절규 수준이군요. 온통 느낌표뿐이네요.

나무에 움이 텄다는 소식과 운동장에 석탄재를 새로 깐 이야기, 내일 있을 끔찍한 생물학 수업과 호수에 띄워 놓은 새 카누 이야기, 캐서린 프렌티스가 폐렴에 걸린 사건과 프렉시의 앙고라 고양이가 길을 잃고 퍼거슨관에서 한동안 살다가 청소부에게 발견된 이야기, 이번에 새로 구입한 흰색, 분홍색 드레스와 모자까지 포함된 파란색 물방울무늬 드레스 소식까지 편지에

다 쓰려고 했는데, 너무 졸려요. 늘 피곤하다는 핑계네요, 그죠? 하지만 여자 대학은 워낙 바쁜 곳이라 하루가 끝날 때쯤에는 무지 피곤하답니다! 특히 새벽부터 하루를 시작한 날은 말이죠.

애정을 담아서
주디 올림

5월 15일

키다리 아저씨께

차에 타서 다른 사람은 쳐다보지도 않고 앞만 뚫어져라 바라보는 게 예의 바른 행동일까요?

오늘 아주 멋스러운 벨벳 드레스를 입은 아름다운 부인이 전차에 탔는데, 십오 분 동안 무표정한 얼굴로 걸려 있는 광고판만 쳐다보지 뭐예요. 전 자기만 중요한 사람인 양 다른 사람들을 무시하는 태도는 예의에 어긋난다고 봐요. 어쨌거나 그런 사람은 많은 걸 놓치게 되죠. 그 부인이 그런 바보 같은 광고판에 열중하는 동안, 전 차 안을 가득 메운 승객들의 흥미로운 모습을 유심히 관찰했답니다.

다음은 제가 그림으로 처음 재연해 본 것입니다. 줄에 매달린

거미처럼 보이지만, 절대 아니에요. 바로 체육관에서 수영을 배우고 있는 제 모습이랍니다.

수영 선생님이 제 벨트 고리에 줄을 걸고는 천장에 달린 도르래에 연결했어요. 선생님을 전적으로 신뢰한다면 아주 효과적인 장치라고 볼 수 있죠. 하지만 전 혹시라도 수영 선생님이 밧줄을 느슨하게 풀면 어쩌나 싶어 한 눈을 선생님한테 붙박은 채한 눈으로만 수영을 하다 보니 정신이 분산되어 도무지 실력이 늘지가 않아요. 안 그랬으면 실력이 팍팍 늘었을 텐데 말이죠.

요즘엔 날씨가 아주 제멋대로예요. 편지를 쓰기 시작할 때만해도 비가 왔는데 지금은 햇살이 환하답니다. 샐리아 저는 밖에서 테니스를 칠 예정이에요. 덕분에 체육관엔 안 가도 되겠네요.

일주일 후

진즉에 편지를 마무리 지었어야 했는데 그러지 못했어요. 규칙적으로 편지가 오지 않아서 기분이 상하신 건 아니시죠? 전 아저씨께 편지 쓰는 게 정말 좋아요. 저한테도 가족이 있다는 뿌듯한 느낌이 들거든요.

한 가지 말씀드릴 게 있어요. 사실 제가 편지를 쓰는 남자는 아저씨만이 아니랍니다. 두 사람이나 더 있어요! 이번 겨울에 저비 도련님에게서 장문의 아름다운 편지를 받았거든요.(줄리아가 필체를 눈치채지 못하게 봉투에는 타자를 쳐서 보내셔요.) 정말 충격적이죠? 그리고 거의 일주일에 한 번씩, 주로 노란 종이에 휘갈겨 쓴 편지가 프린스턴 대학에서 날아와요. 저는 그 모든 편지에 사무적으로 신속하게 답장을 보낸답니다. 그러니까 저도 이제 다른 여자아이들과 그리 다를 게 없죠? 이렇게 남자한테 편지까지 받잖아요.

제가 4학년 연극반에 뽑혔다고 말씀드렸던가요? 실력파들만 선발하는 까다로운 동아리예요. 학생 천 명 중에 일흔다섯 명만이 연극반 회원이죠. 철저한 사회주의자인 제가 이 동아리에 들어도 될까요?

요즘 제가 사회학의 어떤 분야에 관심을 두고 있는지 아세요? 요즈음 쓰고 있는 글은 바로 '무의탁 아동 보호'에 대한 보고서랍니다. 교수님이 여러 주제를 무작위로 나눠 주셨는데, 저한테

이 주제가 떨어진 거예요. 정말 기가 막힌 우연이죠?

저녁 식사 종이 울리네요. 우편 투함을 지나가면서 이 편지를 넣어야겠어요.

애정을 담아서

J.

6월 4일

아저씨께

무지무지 바빠요. 열흘 뒤면 졸업식이고 내일은 시험이 있어요. 공부할 것도 많고 싸야 할 짐도 많은데 밖은 어찌나 아름다운지, 방 안에만 있어야 하는 현실이 속상하네요.

하지만 이제 곧 방학이니 괜찮아요. 줄리아는 올여름에 해외여행을 간다는데, 벌써 네 번째라네요. 확실히 부는 공평하게 분배되는 게 아닌가 봐요. 샐리는 여느 때와 마찬가지로 애디론댁에 있는 캠프에 가요. 그럼 전 어디로 갈까요? 아마도 세 가지를 떠올리시겠죠. 록 윌로우 농장? 틀렸어요. 샐리와 함께 애디론맥에? 틀렸어요.(캠프에 갈 생각일랑 다시는 안 할 거예요. 작년에 그만큼 실망을 했는걸요.) 다른 생각은 안 드세요? 아저씨는 상상력이 그리 뛰어나지 않군요. 심하게 반대하지 않겠다고 약속하시면 말씀드릴게요. 아저씨 비서한테도 제 결심에 대해 미리 통보해 두겠어요.

전 여름에 찰스 패터슨 부인과 바닷가 별장에서 함께 지내며, 올가을에 대학 입학을 앞둔 그분의 딸에게 공부를 가르칠 계획입니다. 패터슨 부인은 맥브라이드 집안을 통해 알게 됐는데, 정말 매력이 철철 넘치는 분이세요. 그분의 작은딸에게도 국어와 라틴어를 가르칠 참이라 개인적인 시간은 얼마 없겠지만, 한달에 50달러나 벌 수 있답니다! 너무 어마어마한 액수라 놀라셨죠? 패터슨 부인이 제안하셨답니다. 전 쑥스러워서 25달러 이상은 말할 용기가 없었는데 말이죠.

9월 1일에 메그놀리아(부인이 사는 곳이에요.)에서의 일이 끝나면 남은 3주는 아마 록 윌로우 농장에서 보내게 될 거예요. 샘플 씨 내외도 만나고 싶고 동물들도 모두 보고 싶거든요.

제가 세운 계획이 어떤가요? 보시다시피 전 아주 독립적인 사람이 되어 가고 있답니다. 제가 스스로 일어설 수 있게 도와주신 덕분에 이제는 혼자서 걸을 수도 있을 것 같아요.

프린스턴 대학 졸업식과 우리 학교 시험일이 딱 겹쳤어요. 이런 불행이 또 있을까요. 샐리와 전 어떻게든 시간에 맞춰 가고 싶지만, 당연히 말이 안 되는 일이죠.

안녕히 계세요, 아저씨. 여름 방학 즐겁게 보내고 푹 쉬며 새 학년 준비 잘해서 가을에 돌아올게요.(이건 아저씨가 저한테 해주셔야 하는 인사죠!) 아저씨는 이번 여름에 뭘 하실지, 어떻게 즐겁게 지내실지 알 길이 없네요. 주변 상황을 떠올릴 수가 없어요. 골프, 사냥, 승마, 그것도 아니면 그냥 햇볕 아래 앉아 명상을 하시려나요?

아무튼 무엇을 하시든지 좋은 시간 보내시고, 주디를 잊지 마세요.

6월 10일

아저씨께

이번 편지는 제가 쓰는 가장 힘든 편지가 되겠지만, 제가 해야 할 일을 결정한 이상 결코 물러서지 않을 작정입니다. 이번 여름에 절 유럽에 보내 주고 싶으시다니 얼마나 친절하고 너그럽고 고마운 말씀인지 모르겠습니다. 한순간 마음이 혹하기도 했지만, 냉정하게 다시 생각해 보니 사양하는 게 옳다는 생각이 듭니다. 학비도 거절한 제가, 놀러 가는 데 아저씨의 돈을 쓴다는 건 얼토당토않아요! 아저씨는 제가 호화로운 생활에 익숙해지게 해선 안 돼요. 사람이란 한 번도 가져 보지 못한 것에 대해서는 아쉬움을 못 느끼지만, 그것이 마땅히 내가 가져야 할 것이라고 생각한 다음에는 그것 없이 지내기가 무척 힘든 법이거든요. 샐리와 줄리아와 함께 사는 것도 금욕적인 제 인생관에는 큰 부담이랍니다. 그 둘은 갓난쟁이 때부터 많은 걸 누리고 살아서 행복을 당연하게 받아들이지요. 자신들이 원하는 모든 것을 세상이 빚지고 있다고 생각하죠. 어찌 됐든 세상도 그 사실을 인정하고 빚을 갚으려고 하는 것 같고요. 하지만 세상은 저한테는 빚진 게 아무것도 없고, 처음부터 그 사실을 분명히 밝혔죠. 전 외상으로 원하는 것을 빌릴 권리가 없어요. 언젠가는 세상이 제 요구를 거절할 날이 올 테니까요.

제가 은유의 바다를 허우적대는 것 같아 보여도, 제 말뜻은 이해하시겠죠? 어쨌든 올여름에 제가 할 수 있는 단 하나, 정직한 일은 아이들을 가르치며 자립의 첫걸음을 내딛는 것입니다.

 메그놀리아에서

나흘 후

여기까지 막 편지를 썼을 때, 무슨 일이 있었는지 아세요? 심부름하는 아이가 저비 도련님의 카드를 들고 왔답니다. 그분도 이번 여름에 여행을 가시는데, 줄리아와 그 가족과 함께 가는 것이 아니라 혼자 가신대요. 전 저비 도련님께 아저씨가 절더러 여자아이들을 인솔하는 어떤 부인과 함께 유럽을 다녀오라고 했다는 이야기를 한 적이 있답니다. 그분도 아저씨를 아세요. 그러니까 제 부모님이 돌아가셨고, 어떤 친절한 신사분이 절 대학에 보내 주고 있다는 사실을 말이에요. 하지만 존 그리어 고아원과 다른 이야기들은 털어놓을 용기가 없었어요. 그분은 아저씨가 제 후견인이자 옛날부터 집안끼리 알고 지내는 친구인 줄 아세요. 전 아저씨를 모른다는 사실은 절대 말하지 않았어요. 그건 너무 이상하잖아요!

아무튼 그분은 제가 유럽에 가야 한다고 했어요. 교육적인 면에서도 필요한 여행이니 거절해서는 안 된다고 말이죠. 게다가 자기도 같은 시기에 파리에 머무를 테니, 이따금 인솔자의 눈을 피해 멋지고, 재미있고, 이국적인 레스토랑에서 함께 식사를 하자고 했어요.

솔직히 마음이 많이 흔들렸답니다! 거의 넘어갈 뻔했죠. 권위적으로 굴지만 않았어도 완전히 넘어가고 말았을 거예요. 차근차근 설득한다면 몰라도 강제로 밀어붙이는 방법은 저한테 안 통하거든요. 그분은 제가 어리석고, 멍청하고, 무분별하고, 터무니없고, 아둔한 고집불통 어린애(다른 모욕적인 말도 많이 했는데, 까먹었어요.)인 데다 자신에게 뭐가 이득이 되는지도 모른다며 나이 든 사람의 판단에 따라야 한다고 했어요. 우린 말다툼까지 할 뻔했답니다. 그게 말다툼인지 어쩐지는 모르겠지만, 정말 그랬다니까요!

어쨌거나 전 얼른 짐을 싸서 이곳으로 와버렸어요. 유럽으로 갈 기회가 사라지고 난 다음에 이 편지를 마무리 짓는 게 낫겠다는 생각이 들었거든요. 이제 그 기회는 완전히 날아가 버렸습니다. 전 '클리프 탑'(패터슨 부인의 별장 이름이에요.)에 도착해 짐을 풀었고, 플로렌스(작은딸)는 벌써 라틴어 명사 제1격 변화를 붙잡고 고생 중이랍니다. 하긴 고생하는 것도 당연하죠! 애가 말도 못하게 응석받이거든요. 우선 공부하는 방법부터 가르쳐야지 안 되겠어요. 평생 아이스크림을 먹는 것보다 어려운 일은 해본 적이 없는 아이라니까요.

공부는 조용한 구석자리에서 하는데, 패터슨 부인은 제가 아이들을 밖으로 데리고 나가기를 바라세요. 하지만 눈앞에 펼쳐진 푸른 바다와 떠가는 배를 보며 공부에 집중하기가 어디 쉬운

일인가요! 게다가 제가 그 배를 타고 외국으로 떠나고 있다는
상상을 하면……. 하지만 전 라틴어 문법 외에는 아무것도 생각
하지 않을 작정입니다.

전치사 a나 ab, absque, coram, cum, de, e 또는 ex, prae, pro,
sine, tenus, in, subter, sub, super는 탈격을 지배한다.

보셨죠, 아저씨? 전 이렇게 유혹에 굴하지 않고 악착같이 공
부에 매진하고 있답니다. 제발 저 때문에 언짢아하시거나 제가
은혜도 모르는 아이라고 생각지 말아 주세요. 전 항상, 언제나
아저씨께 고마운 마음이니까요. 제가 그 은혜에 보답하는 유일
한 방법은 '아주 쓸모 있는 시민'
이 되는 길뿐입니다.(여자
도 시민이 될 수 있나
요? 아닌 것 같네요.)
어쨌거나 '아주 쓸모
있는 사람'이 되는
거예요. 그래서 아
저씨가 저를 보면서
'내가 세상에 아주
쓸모 있는 사람을 내

놓았구나.' 하고 생각하시게 하는 거죠.

진짜 근사하죠, 아저씨! 하지만 오해의 소지를 만들고 싶은 생각은 없어요. 제가 조금도 뛰어난 점이 없다는 생각이 문득문득 들곤 하거든요. 미래를 계획하는 건 재미있지만, 모든 면에서 볼 때 전 평범한 사람 축에 들 가능성이 커요. 어쩌면 장의사랑 결혼해서 그의 일을 도우며 평생을 살지도 모르죠.

아저씨의 변함없는

주디 올림

8월 19일

키다리 아저씨께

제가 머물고 있는 곳에서는 창으로 바다와 바위가 펼쳐진 기막힌 풍경을 내다볼 수 있답니다.

여름이 가고 있어요. 오전에는 멍청한 여자아이 둘과 라틴어와 국어, 대수학을 공부하며 보내요. 매리언이 어떻게 대학에 들어갈 수 있을지, 들어간 다음엔 공부를 어떻게 따라갈는지 모르겠어요. 플로렌스로 말하자면 아예 구제불능이에요. 뭐, 그래도 얼굴은 아주 예쁘답니다. 예쁘기만 하면 멍청하든 똑똑하든 아무 상관이 없을 것 같기도 해요. 남편이 부인과의 대화를 얼마나 지루해할지 훤히 보이긴 하지만, 그것도 멍청한 남편을 만나면 괜찮지 않을까 싶네요. 하긴 그럴 가능성이 높아요. 세상엔 멍청한 남자들이 수두룩하니까요. 올여름에 그런 남자들을 숱하게 만났거든요.

오후에는 절벽 위로 산책을 가거나, 파도가 잠잠하면 수영을 하기도 해요. 전 이제 바다에서도 거뜬히 수영을 할 수 있답니다. 벌써부터 교육의 힘이 팍팍 느껴지시죠!

파리에서 저비스 펜들턴 씨가 짧고 간결한 편지를 보내왔어요. 제가 자신의 충고를 따르지 않아서 아직도 화가 나있나 봐요. 하지만 때맞춰 돌아오면 개강하기 전에 록 윌로우 농장에서 며칠 동안 그분을 뵐 수 있을 거예요. 그때 제가 친절하고도 다정하게 굴면 다시 예전처럼 잘 대해 주시리라 믿어요.

샐리한테서도 편지를 받았어요. 9월에 열흘 정도 캠프에 와 주었으면 하더군요. 아저씨 허락을 받아야 하나요? 아직도 제가 하고 싶은 대로 결정할 단계에 이르지 못했나요? 아뇨, 전 그런 단계가 되었다고 확신해요. 이제 저도 졸업반이잖아요. 여름 내내 일을 했으니, 휴식을 취하며 건강을 챙기고 싶다는 생각이 드네요. 캠프가 있는 애디론 댁으로 가고 싶어요. 샐리도 보고 싶고, 샐리의 오빠도 만나고 싶어요. 그가 카누를 가르쳐 줄 거예요. 그리고 (캠프에 가려는 가장 큰 이유인데, 좀 치사하긴 해요.) 저비 도련님이 록 월로우 농장에 갔을 때 제가 거기에 없다는 사실을 알게 하고 싶어요.

저한테 이래라저래라 할 수 없다는 점을 분명히 보여 주고 말겠어요. 아저씨 말고는 아무도 저한테 명령할 수 없어요. 물론 아저씨도 항상 그러실 순 없죠! 전 캠프로 갈 거예요.

주디 올림

 맥브라이드네 캠프에서

9월 6일

아저씨께

아저씨의 편지가 제때 도착하지 못했어요.(다행이네요.) 아저씨 말씀을 따르게 하고 싶으셨다면 비서가 빨리 편지를 전하게 하셨어야죠. 보시다시피 전 캠프에 왔고, 벌써 닷새나 지났답니다.

숲이 참 멋져요. 캠프도, 날씨도, 샐리네 가족들도, 세상 모든 게 다 좋아요. 전 정말 행복해요!

지미가 카누를 타러 가자고 부르네요. 안녕히 계세요. 아저씨 말씀을 거슬러서 죄송하긴 하지만, 조금 놀고 싶어 하는 제 마음을 어쩜 그리도 몰라주시나요? 여름 내내 일을 했으니 휴식도 필요하잖아요. 아저씨 심술은 정말 알아줘야 한다니까요.

하지만 그 모든 결점에도, 전 여전히 아저씨를 사랑합니다.

주디 올림

10월 3일

키다리 아저씨께

전 학교로 돌아왔고, 이제 4학년이 되었습니다. 《먼슬리》의 편집장도 맡게 됐고요. 이렇게 근사한 사람이 존 그리어 고아원의 원생이었다는 사실이 믿어지세요? 미국에서는 모든 게 참 빨리도 변한다니까요!

어떻게 생각하세요? 저비 도련님이 록 윌로우 농장에 보낸 편지가 다시 학교로 왔답니다. 미안하지만 이번 가을에는 친구들의 초대로 요트를 타러 가기로 해서 농장에 갈 수 없다는 내용이었죠. 시골 생활을 즐기며 여름을 잘 보내길 바란다면서요.

하지만 그분은 줄리아를 통해 제가 맥브라이드네 캠프에 간다는 사실을 미리 알고 있었다고요! 남자들은 잔꾀 부리는 짓일랑 여자들 몫으로 남겨 둬야 해요. 그런 일엔 워낙 소질이 없으니까요. 줄리아는 눈이 부시도록 황홀한 새 옷들을 트렁크 가득 넣어 가지고 왔어요. 무지개 빛깔의 주름 잡힌 이브닝드레스는 마치 천사들이 입는 옷 같았죠. 하지만 올해는 제 옷들도 유례 없이(이런 말이 있나요?) 아름다웠답니다. 가격이 저렴한 양장점에 가서 패터슨 부인의 옷들과 똑같이 만들어 달라고 했거든요. 진짜와 완전히 똑같진 않아도 줄리아가 짐을 풀기 전까지는 세상 누구보다 행복했답니다. 하지만 지금은……. 저도 언젠가 파리에 꼭 가볼 거예요!

아저씨, 여자가 아니라서 다행이라는 생각이 들지 않으세요? 우리가 옷을 가지고 수선을 피우는 모양새가 참 한심하다 싶으시죠? 맞아요. 당연히 그러실 테죠. 하지만 그건 순전히 남자들 잘못이라고요.

불필요한 장식을 경멸하고 여성들의 기능적이고 실용적인 옷차림을 주장했던 박식한 교수 이야기 들어 보셨어요? 순종적이었던 그의 아내는 남편의 '의복 개혁'을 실천에 옮겼다죠. 그런데 그 교수가 어쨌게요? 무대에서 공연하는 여자랑 눈이 맞아 달아나 버렸대요.

아저씨의

주디 올림

추신: 우리 기숙사 복도 청소부는 파란색 체크무늬 깅엄 앞치마를 두르고 있어요. 전 청소부에게 갈색 앞치마를 갖다 주고, 그 파란 앞치마는 호수 바닥에 처박을 작정입니다. 그걸 볼 때마다 옛날 생각이 나서 오싹해지거든요.

11월 17일

키다리 아저씨께

문필가로서의 제 이력에 어두운 그림자가 드리워졌어요. 아저씨께 말씀을 드려야 할지 말아야 할지 모르겠지만, 지금 전 위로가 필요해요. 부디 말 없는 위로를 보내 주세요. 다음번 편지에 이 일을 언급해서 상처를 헤집지 마시고요.

지난겨울 내내 저녁 시간마다, 그리고 이번 여름 멍청한 두 여자아이에게 라틴어를 가르치지 않는 짬짬이 책 한 권을 썼어요. 개강하기 전에 바로 탈고를 해서 출판사에 보냈지요. 출판사에서 두 달이나 연락이 없기에 전 채택된 줄 알았어요. 그런데 어제 아침 속달(우편 요금을 30센트 냈어요.)로 편집자의 아주 정중하면서도 아버지처럼 자상한, 하지만 더없이 솔직한 편지와 함께 원고가 되돌아온 거예요! 편집자는 주소를 보고 제가 아직 대학생인 걸 알았다며, 자신의 충고를 받아들일 의향이 있다면 지금은 학과 공부에 전념하고 글쓰기는 졸업한 후에 시작하는 게 좋겠다고 했어요. 원고 검토자의 의견서도 동봉했는데, 내용은 이랬어요.

극히 비현실적인 줄거리. 과장된 인물 묘사. 부자연스런 대화. 유머는 풍부하나 적절치 못한 경우가 있음. 꾸준히 노력하면 언젠가 제대로 된 책을 낼 가능성이 있다고 작가에게 통보 바람.

전체적으로 볼 때 칭찬은 아니잖아요, 그죠, 아저씨? 전 제가 미국 문학계가 주목할 만한 작품을 쓰고 있다고 확신했거든요. 졸업하기 전에 훌륭한 소설을 써서 아저씨를 깜짝 놀라게 해드릴 계획이었어요. 작년 크리스마스에 줄리아네 집에 있으면서 자료도 수집했고요. 하지만 편집자 말이 옳아요. 그 짧은 기간 동안 대도시의 풍속과 관습을 제대로 관찰한다는 건 아무래도 무리였겠죠.

어제 오후, 전 그 원고를 들고 산책을 나갔다가 가스 공급소가 보이자 안으로 들어가 기사에게 화로를 잠시 써도 되냐고 물었어요. 그리고 그가 친절하게 화로 문을 열어 주자 제 손으로 직접 원고를 던져 넣었답니다. 마치 하나밖에 없는 자식을 화장시키는 심성이었어요!

어젯밤에는 완전히 풀이 죽은 채 잠자리에 들었습니다. 훌륭한 사람이 못될 것 같았고, 아저씨께서 돈을 헛되이 낭비하셨다는 생각이 들었죠. 그런데 어떻게 됐는지 아세요? 오늘 아침에 눈을 뜨자마자 멋진 줄거리가 떠오르는 거예요. 그래서 온종일 등장인물을 구상하며 더없이 행복한 시간을 보냈답니다. 아무도 절 염세주의자라고는 못하겠죠! 전 어느 날 갑자기 남편과 자식 열둘을 지진으로 몽땅 잃는다 해도 다음 날 아침 웃는 얼굴로 발딱 일어나 새 삶을 시작할 인물이라고요.

애정을 담아
주디 올림

12월 14일
키다리 아저씨께

어젯밤에 진짜 희한한 꿈을 꿨어요. 어떤 서점에 들어갔는데, 점원이 『주디 애벗의 삶과 편지』라는 제목이 붙은 신간을 갖다주는 거예요. 제 눈으로 똑똑히 봤어요. 붉은 천으로 제본된 책 표지에는 존 그리어 고아원 사진이 있고, 속표지에는 제 초상화와 그 밑에 '진심을 담아, 주디 애벗'이라는 글귀가 밑에 적혀 있었어요. 그런데 맨 뒷장을 펼쳐 제 묘비명을 읽으려는 순간 잠이 깨고 말았어요. 얼마나 약이 오르던지! 제가 누구랑 결혼하고 언제 죽는지 알 뻔했는데 말이죠.

전지전능한 작가가 눈곱만큼의 거짓도 없이 쓴 아저씨의 인생사를 읽을 수 있다면 정말 재미있겠죠? 대신 다음과 같은 조건이 붙는 거예요. 그 내용을 영원히 잊지 못하며, 모든 일의 결과를 미리 알고, 자신이 죽을 시각까지 정확히 아는 상태에서 살아가야 하는 거죠. 그럴 경우, 그 책을 읽을 용기가 있는 사람이 과연 몇이나 될까요? 희망도, 놀랄 일도 없는 삶을 감수하고라도 그 책을 읽고 싶은 호기심을 참아 낼 사람은 또 몇이나 될까요?

이러니저러니 해도 삶은 단조로울 뿐이에요. 먹고 자는 일의 되풀이죠. 하지만 그사이에 예상치 못한 일이 하나도 일어나지 않는다면 삶이 얼마나 더 끔찍하게 단조로울지 상상해 보세

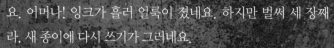

요. 어머나! 잉크가 흘러 얼룩이 졌네요. 하지만 벌써 세 장째
라. 새 종이에 다시 쓰기가 그러네요.

올해에도 생물학은 계속 들을 계획입니다. 아주 재미있는 과
목이에요. 요즘은 소화 기관을 공부하고 있
습니다. 현미경으로 본 고양이의 십이지
장 단면이 얼마나 예쁜지 아저씨도 한
번 보셔야 해요.

그리고 철학도 배우기 시작했어요. 재미있긴 하
지만 뜬구름을 잡는 느낌입니다. 전 대상을 판에다 핀으
로 꽂아 놓고 연구할 수 있는 생물학이 더 마음에 들어요. 이

런, 또 얼룩이! 여기도! 펜이 잉크 눈물을 줄줄 흘리네요! 눈물 자국을 부디 용서하세요.

아저씨는 자유 의지를 믿으세요? 저는 믿어요. 그것도 전적으로. 전 모든 행동은 피할 수 없고, 가능성이 희박한 여러 원인들이 모여 발생하는 필연적인 결과라고 말하는 철학자들의 견해에 전혀 찬성할 수 없어요. 누구도 자신의 행동에 대한 책임이 없다니, 이렇게 부도덕한 주장은 지금껏 한 번도 들어 본 적이 없어요. 운명론을 믿는 사람이라면 그냥 자리에 주저앉아 죽을 때까지 '신의 뜻대로 될지어다.'라고 읊조리기나 할 테죠.

저는 제 자유 의지와 성취할 수 있는 저의 능력을 굳게 믿습니다. 산도 움직일 수 있는 믿음이란 게 바로 이런 거겠죠. 제가 위대한 작가가 되는 걸 지켜보세요! 새 소설은 4장까지 모두 끝냈고, 5장도 초안을 마친 상태랍니다.

아주 심오한 편지가 됐네요. 머리 아프시죠, 아저씨? 편지는 이쯤에서 줄이고 퍼지나 좀 만들어야겠어요. 보내 드리지 못해 아쉽네요. 진짜 크림에 버터 볼도 세 개나 넣어 특별히 더 맛있을 텐데 말이죠.

애정을 담아서
주디 올림

추신: 체육 시간에 무용을 배우고 있어요. 이 그림을 보시면 우리가 얼마나 진짜 발레단 같은지 아시겠죠. 끝에서 한 발로 우아하게 도는 사람이 저예요!

12월 26일
사랑하는 아저씨께

대체 정신이 있으세요? 여자아이한테 크리스마스 선물을 열일곱 가지나 보내는 법이 어디 있어요? 전 사회주의자라고 말씀드렸잖아요. 제발 그걸 기억해 주세요. 제가 돈만 아는 사람이 되길 바라세요?

아저씨와 제가 사이가 나빠지기라도 하면 얼마나 난처한 일이 벌어질지 생각해 보세요. 전 아저씨가 보내 주신 선물을 돌려드리기 위해 이삿짐 차를 불러야 할 거예요!

선물로 보낸 넥타이가 너무 흐물흐물해서 죄송해요. 제가 손수 짠 거라 그래요.(물론 보시고 금방 눈치채셨겠지만.) 날씨가 추울 때 목에 매고 코트 단추를 끝까지 채우시면 될 거예요.

고맙습니다! 천 번 만 번 감사해요. 아저씨는 세상에서 가장 다정하고 바보 같은 분이세요!

주디 올림

새해에도 행운이 함께하길 바라며, 맥브라이드네 캠프에서 따온 네잎 클로버를 보내 드립니다.

1월 9일

영원히 구원받을 확실한 방법을 찾고 계시나요? 여기 극심한 곤경에 빠진 한 가족이 있습니다. 현재 어머니와 아버지, 네 아이가 같이 살고, 위로 큰 아들 둘은 돈을 벌기 위해 나가서는 한 푼도 보낸 적이 없답니다. 아버지는 유리 공장을 다녔는데, 워낙 건강에 안 좋은 일이다 보니 결핵에 걸려 지금은 병원에 입원해 있어요. 그 바람에 저축한 돈을 몽땅 써버리고, 가족의 생계는 스물네 살 난 큰딸이 책임지고 있는 형편입니다. 큰딸은 일당 1달러 50센트(그것도 일이 있을 경우)에 재봉 일을 하고, 저녁에는 자수를 놓는답니다. 어머니란 사람은 몸이 약한 데다 생활력도 전혀 없고 종교에만 빠져 있어요. 어머니가 체념한 채 두 손을 모으고 앉아 있는 동안 큰딸은 과로와 책임감과 걱정으로 죽을 지경이죠. 큰딸은 남은 겨울을 어떻게 나야 할지 몰라 막막해하는데, 저 역시 방법을 모르겠습니다. 100달러만 있으면 석탄을 사고, 동생들 신발도 사 신겨 학교에 보내고, 일을 못해도 며칠은 버틸 여유가 생길 텐데요.

아저씨는 제가 알고 있는 유일한 부자예요. 100달러만 나눠 주시면 안 될까요? 그 아가씨는 저보다도 많은 도움을 받을 자격이 있답니다. 큰딸이 아니었다면 이렇게 부탁하지도 않았을 거예요. 어머니야 어찌되든 전 상관 안 해요. 살아가려는 의지가 전혀 없는 사람인걸요.

절대 그럴 리 없다는 걸 알면서도 '다 잘될 거야.'라는 막연한 생각으로 평생 하늘만 쳐다보며 사는 사람들을 보면 정말 화가 치밀어 올라요. 겸손이니 체념이니 뭐라 말해도 그건 타성에 젖은 무기력함일 뿐입니다.

내일 철학 시간에는 생각만 해도 끔찍한 쇼펜하우어를 배웁니다. 철학 교수님은 우리가 다른 과목도 듣는다는 걸 모르시나 봐요. 괴짜가 따로 없어요. 늘 구름 속을 헤매며 돌아다니다 이따금 단단한 땅에 발이라도 닿으면 멍하니 허공을 바라보시는 독특한 분이시죠. 재치 있는 말로 수업 분위기를 띄우려고 하실 때도 있지만, 아무리 웃으려 해도 그분의 농담은 전혀 웃기질 않아요. 쉬는 시간에도 물질이 실제로 존재하는지 아니면 그냥 존재한다고 생각할 뿐인지를 놓고 고민하시는걸요.

제가 말씀드린 그 바느질하는 아가씨는 틀림없이 물질이 존재한다고 생각할 거예요!

제가 쓴 새 소설이 어디 있는지 아세요? 쓰레기통이에요. 쓸모없는 책이란 걸 스스로 깨달았거든요. 자기 작품을 사랑한다는 작가도 그렇게 생각하는데, 비판적인 대중의 평가는 오죽하겠어요?

며칠 후

아저씨, 지금 전 병상에 누워 편지를 쓰고 있습니다. 편도선이 부어 이틀 동안 누워 있었어요. 뜨거운 우유 말고는 아무것도 삼킬 수가 없어요.

"부모님은 학생이 어릴 때 왜 편도선을 제기해 줄 생각을 못했을까요?"

의사 선생님이 묻더군요. 그야 저도 모

르지만, 그분들이 절 얼마나 생각하셨을지 그것부터가 의문이
네요.

아저씨의

J. A

다음 날 아침

봉투를 붙이기 전에 편지를 다시 훑어보았습니다. 왜 이렇게 세상을 비관적으로 생각했는지 모르겠어요. 걱정하실까 봐 말씀드리는데, 저는 젊고 행복하며 열의로 가득 차 있습니다. 아저씨도 그러시리라 믿어요. 젊음은 나이보다는 마음이 얼마나 생생하게 살아 있느냐와 관계가 있으니까, 아저씨 머리가 백발이래도 청년일 수 있는 거예요.

애정을 담아서

주디 올림

1월 12일

친애하는 박애주의자님께

제가 말씀드린 가족을 위해 보내 주신 수표를 어제 받았습니다. 정말 감사합니다! 점심을 먹은 후 체육 시간도 빼먹고 바로 그 집에 갖다 주었는데, 아저씨도 그 아가씨의 얼굴을 보셨어야 해요! 이제 겨우 스물넷인걸요. 정말 안됐죠?

아무튼 지금 그녀는 좋은 일이 한꺼번에 밀려드는 기분이래요. 두 달 치 일감도 미리 받아 둔 상태라네요. 결혼을 앞둔 손님이 혼숫감을 만들어 달라고 했대요.

아가씨의 어머니는 그 작은 종이가 100달러라는 사실을 알아차리자 이렇게 소리치더군요.

"자비로운 하느님, 감사합니다."

그래서 저는 있는 그대로의 사실을 말해 주었지요.

"그건 하느님이 주신 게 아니에요. 키다리 아저씨께서 주셨답니다."

물론 그 자리에서는 스미스 씨라고 말했어요.

그랬더니 아가씨의 어머니는 이렇게 말했답니다.

"하지만 그분에게 그런 마음을 주신 분은 하느님이지요."

그러자 저는 이렇게 말해 버렸죠.

"절대 아니에요! 그런 마음을 준 사람은 바로 저라고요."

어쨌든 자비로운 하느님이 아저씨께 알맞은 보답을 해주시리라 믿습니다. 아마 만 년 정도는 지옥에 떨어질 걱정을 안 해도 될 듯 싶네요.

더없이 감사하는 마음으로
주디 애벗 올림

2월 15일

위대하신 폐하께 삼가 아뢰옵나이다

오늘 아침, 소신은 차가운 칠면조 파이와 거위 요리를 먹고, 지금껏 한 번도 마셔 보지 못한 중국차 한 잔을 청하였나이다.

걱정 마세요, 아저씨. 제 정신은 멀쩡하니까요. 새뮤얼 피프스(17세기 영국의 해군 관리. 당시의 풍속을 기록한『일기』라는 작품으로 유명함: 옮긴이)의 글을 인용했을 뿐이에요. 우린 요즘 영국사와 관련해 그가 쓴 글을 원본으로 공부하고 있어요. 그의 글을 한 번 보실래요?

나는 채링 크로스로 가서 해리슨 소령이 교수형을 당한 뒤 사지가 찢기는 광경을 목격했노라. 그의 표정은 그 같은 상황에 처한 어떤 이보다 밝았느니.

어제 열병으로 남동생을 여의고 한없는 슬픔에 빠진 아내와 만찬을 즐겼노라.

동생을 잃은 사람이 만찬을 즐기기엔 좀 이르지 않나요? 피프스의 친구는 가난한 백성들에게 오래되고 썩은 음식을 팔아 왕의 부채를 갚게 하는 아주 교활한 방법을 고안해 냈어요. 아저씨는 개혁가로서 그 일을 어떻게 생각하세요? 그러고 보면 요즘 사람들이 신문에서 떠드는 만큼 그렇게 나쁘진 않은 것 같네요.

새뮤얼은 여자들처럼 옷차림에 관심이 많았대요. 아내보다 의상비가 다섯 배나 더 들었다는군요. 그 시대는 남편들의 황금기였나 봐요. 다음 구절은 좀 애처롭지 않나요? 그는 이렇게나 솔직한 사람이었답니다.

오늘 금빛 단추가 달린 고급 낙타모피 망토가 배달됐는데, 너무 비싸서 신에게 그 비용을 지불할 수 있게 해달라고 빌었다.

피프스 이야기만 잔뜩 늘어놔서 죄송해요. 그에 관한 특별한 보고서를 쓰는 중이라서요.

아저씨, 어떻게 생각하세요? 자치회에서 열 시 소등 규칙을 폐지했답니다. 다른 사람에게 피해만 주지 않으면 이젠 밤새도록 불을 켜놓아도 괜찮아요. 여럿이 모여 떠들썩하게 노는 건

안 되지만요. 그 결과 인간의 본성을 간파하게 됐답니다. 원하는 만큼 깨어 있어도 된다니까 아무도 안 그러는 거예요. 아홉 시만 되면 꾸벅꾸벅 졸기 시작해서 삼십 분쯤 뒤에는 힘없이 쥐고 있던 펜이 툭 하고 바닥으로 떨어지는 거죠. 지금이 바로 그 시간이네요. 아저씨, 안녕히 주무세요.

일요일

방금 교회에서 돌아왔어요. 조지아 주에서 오신 목사님의 설교를 들었답니다. 목사님께서는 감성을 희생하면서까지 지성을 발달시키지 않도록 주의해야 한다고 말씀하셨어요. 하지만 제 생각엔 밋밋하고 지루한 설교였다고 사료됩니다.(다시 한 번 피프스의 어투로.) 목사님이 미국 출신이든, 캐나다 출신이든, 어떤 종파든 상관없이 우리는 늘 같은 설교를 들어요. 도대체 목사님들은 왜 남학교에 가서는 남자다운 본성이 지나친 지성 활동으로 뭉개지는 일이 없게 하라고 설교하지 않는 건가요?

꽁꽁 얼 만큼 쌀쌀하면서도 청아한 날입니다. 식사를 마치자마자 샐리와 줄리아와 마티 킨과 엘리노어 프렛(아저씨는 모르는 친구들이에요.)과 전 짧은 치마를 입고 시골길을 걸어 크리스털 스프링 농장으로 가서 닭튀김과 와플로 저녁을 먹은 다음, 크리스틸 스프링 씨에게 짐마차로 학교까지 데려다 달라고 할 참이에요. 원래는 일곱 시까지 학교에 도착해야 하지만, 오늘 밤에는 조금 늦춰 여덟 시까지 오려고요.

안녕히 계세요. 친절하신 분.

아저씨의 충직하고 성실하고 헌신적이고 순종적인 신하로 자처할 수 있음을 영광으로 여기며 J. 애벗 올림

3월 5일

평의원님께

내일은 이달의 첫 수요일, 존 그리어 고아원에서 그토록 지긋지긋해하던 날입니다. 다섯 시가 되어 평의원들이 아이들의 머리를 쓰다듬어 주고 떠나면 얼마나 마음이 놓였는지!

혹시(개인적으로) 제 머리를 쓰다듬어 주신 적이 있나요, 아저씨? 전 없을 거라고 생각해요. 제 기억엔 뚱뚱한 평의원들만 그랬던 것 같거든요.

고아원에 제 사랑을 전해 주세요. 진심 어린 사랑을요. 시간이 흘러 어렴풋이 돌아보니 고아원 시절도 다정하게 느껴집니다. 처음 대학에 들어왔을 때는 다른 아이들이 누린 정상적인

어린 시절을 빼앗겼다는 생각에 분한 마음이 들었어요. 하지만 지금은 전혀 안 그래요. 고아원 생활이 남들과 다른 특별한 경험으로 생각되거든요. 그런 과거가 있었기에 한 걸음 물러나 세상을 바라보는 눈을 가지게 된걸요. 어른이 된 지금, 전 물질적인 풍요 속에서 자란 사람들에게서는 절대 찾아볼 수 없는 세계관을 가지고 있답니다.

전 자신이 행복하다는 사실을 모르는 여자아이들(줄리아처럼)을 많이 알아요.

그 애들은 행복에 익숙해진 나머지 행복을 느끼는 감각이 무뎌져 버렸지만, 전 매 순간 제가 행복하다는 사실을 온전히 느낀답니다. 그리고 아무리 속상한 일이 생겨도 그 사실을 잊지 않을 거예요. 그 일을(치통이라 해도) 재미있는 경험이라 여기고, 고통을 기꺼이 받아들일 생각입니다. '내가 어떤 하늘을 이고 있든, 나에게는 모든 운명과 맞설 용기가 있다.'는 말처럼.

하지만 존 그리어 고아원에 대한 저의 새로운 애정을 액면 그대로 받아들이진 말아 주세요. 제가 루소처럼 자식이 다섯이라 해도 아이들을 검소하게 키우겠다며 고아원 앞에 내다 버리는 짓은 결코 하지 않을 테니까요.

리펫 원장님께 따뜻한 안부 인사 전해 주시고(이 말이 맞겠네요. 사랑을 전해 달라는 건 아무래도 좀 지나치죠.) 제 성격이 몰라보게 좋아졌다는 말씀도 잊으시면 안 돼요.

애정을 담아서

주디 올림

 록 윌로우에서

4월 4일

아저씨께

우체국 소인 보셨나요? 샐리와 전 부활절 휴가를 맞아 록 윌로우 농장에 와있답니다. 열흘간의 휴가를 조용한 곳에서 보내는 게 최선이라는 결론을 내렸거든요. 기숙사에서는 더 이상 한 끼도 못 먹을 정도로 신경이 곤두서 있었답니다. 사백 명이 한 공간에서 식사를 하는 건 심신이 지쳐 있을 땐 고역이나 다름없어요. 어찌나 시끄러운지 손으로 확성기를 만들어 소리치지 않으면 마주 앉은 사람과도 대화가 안 된다니까요. 거짓말이 아니에요.

우리는 언덕을 걷기도 하고 책을 읽고 글을 쓰기도 하면서 즐겁고 느긋한 시간을 보내고 있어요. 오늘 아침엔 저비 도련님과 제가 저녁을 만들어 먹었던 스카이힐산을 올랐어요. 벌써 몇 년 전 일이라니 믿기지가 않네요. 그때 우리가 불을 피웠던 바위는

214

아직도 검게 그을려 있는데 말이죠. 어떤 장소가 누군가와 연결되어 그곳에만 가면 어김없이 그 사람이 떠오른다니 정말 신기해요. 잠깐 동안이었지만, 그분이 곁에 없어 참 쓸쓸했어요.

제가 요즘 뭘 하는지 아세요, 아저씨? 못 말린다고 생각하실 테지만, 책을 쓰고 있답니다. 일사천리로 진행 중이에요. 저비도련님과 편집자의 말이 옳았어요. 자신이 아는 이야기를 쓸 때 가장 설득력이 있는 법이죠. 그래서 이번엔 제가 아는 이야기를 쓰고 있답니다. 지겹도록 잘 아는 이야기요. 바로 존 그리어 고아원이랍니다! 이번엔 진짜 잘될 것 같아요. 매일 벌어지는 사소한 일들을 그렸거든요. 이제 전 사실주의자랍니다. 낭만주의는 포기했어요. 하지만 앞으로 여러 가지 모험을 경험하게 되면 꼭 다시 낭만주의로 돌아갈 생각입니다.

이번 글은 잘 끝내서 꼭 출간되게 할 거예요! 어떻게 되나 두고 보세요. 무언가를 간절히 원하고 그 꿈을 이루기 위해 꾸준히 노력하면 결국에는 꿈을 이루게 되어 있어요. 전 아저씨의 답장을 받기 위해 무던히 노력했고 아직도 희망을 버리지 않았답니다.

안녕히 계세요, 사랑하는 사람. (전 사랑하는 사람이라고 부르는 게 좋아요. 두운이 딱 맞잖아요.)

애정을 담아서

주디 올림

추신: 농장 소식을 전하는 걸 잊었네요. 하지만 너무 슬픈 이야기라서요. 기분을 망치기 싫으시면 이 추신은 읽지 마세요.

가엾게도 그로버 영감이 죽었어요. 먹이를 씹지도 못할 지경이 되어 총으로 쏠 수밖에 없었지요. 암소 한 마리는 병이 들어 보니리그 포 코너스에 있는 수의사를 불러와야 했어요. 애머세이가 밤새 곁을 지키며 소에게 아마씨 기름과 위스키를 먹였지요. 하지만 아무래도 병든 소가 먹은 건 아마씨 기름밖에 없지

싶습니다. 센티멘털 토미(삼색 얼룩 고양이)가 사라졌어요. 덫에 걸렸으면 어쩌나 걱정입니다. 세상엔 이런저런 걱정거리가 참 많네요!

5월 17일

키다리 아저씨께

펜을 보기만 해도 어깨가 아파서 아주 짧게 밖에 못 쓰겠네요. 낮에는 강의 내용 적으랴, 밤에는 불멸의 소설 쓰랴, 팔을 지나치게 놀린 탓입니다.

다음 주 수요일이면 졸업식까지 삼 주 남게 됩니다. 오셔서 축하해 주실 거죠? 안 오시면 미워할 거예요! 줄리아는 삼촌인 저비 도련님을, 샐리는 오빠인 지미 맥브라이드를 초대했는데 전 누굴 초대하죠? 아저씨랑 리펫 원장님 달랑 둘뿐인데, 전 원장님은 싫어요. 제발 아저씨께서 와주세요.

쥐가 난 손으로 사랑을 전하며
주디 올림

6월 19일

키다리 아저씨께

전 이제 지식인이에요! 졸업장은 가장 좋은 옷 두 벌과 함께 서랍장 맨 밑에 넣어 두었어요. 졸업식은 중요한 순간에 소나기가 몇 번 내린 것 말고는 여느 해와 다름없이 치러졌습니다. 보내 주신 장미꽃 감사합니다. 정말 예뻤어요. 저비 도련님과 지미도 장미를 선물했지만, 그 꽃들은 욕조에 담가 놓고 아저씨가 주신 꽃을 들고 졸업식 행진을 했답니다.

지금은 여름을 보내려고 록 윌로우 농장에 와있어요. 어쩌면 평생 있을지도 모르겠네요. 하숙비도 싸고 주변도 조용해서 집필을 하기엔 그만이거든요. 고군분투하는 작가가 여기서 뭘 더 바라겠어요? 전 제 작품에 푹 빠져 있답니다. 깨어 있을 때도 작품 생각뿐이고, 밤에는 꿈까지 꿀 정도예요. 제가 원하는 건 오직 조용하고 평화로운 분위기와 글쓰기에 충분한 시간뿐입니다. (중간중간 영양가 있는 식사도 하면서 말이죠.)

8월에 저비 도련님이 농장에 와서 일주일쯤 묵을 예정이고, 지미 맥브라이드도 여름에 한번 들를 거예요. 지미는 채권사와 연계해 전국을 돌아다니며 은행에 채권을 팔고 있어요. 그래서 코너스에 있는 농업협동조합을 방문하는 김에 저도 만나러 온다는군요.

록 윌로우 농장이 세상과 그렇게 동떨어진 곳이 아니라는 걸 아시겠죠? 아저씨도 지나는 길에 들르시면 좋겠지만, 가망 없는 일이란 걸 이젠 잘 알아요. 졸업식에 오시지 않았을 때, 전 제 마음에서 아저씨를 도려내어 영원히 묻어 버렸답니다.

문학사
주디 애벗 올림

7월 24일

친애하는 키다리 아저씨께

일을 한다는 게 즐겁지 않나요? 아니면 아저씨는 평생 일을 해본 적이 없으신가요? 그 일이 세상에서 가장 하고 싶은 일일 때는 특히나 더 즐겁죠. 올여름에 전 매일같이 전속력으로 글을 쓰고 있어요. 유일한 불만이라면, 머릿속에 떠오르는 이 아름답고 소중하고 재미난 생각들을 모두 옮겨 쓸 만큼 하루가 길지 않다는 사실뿐이랍니다.

두 번째로 초고를 손보고, 내일 아침 일곱 시 삼십 분에 세 번째 수정에 들어갈 참입니다. 지금껏 아저씨가 보지 못한 가장 멋진 작품이에요. 진짜라니까요. 다른 생각은 할 수가 없어요. 아침마다 글이 쓰고 싶어 옷 입고 밥 먹는 시간도 못 기다릴 정도랍니다. 그렇게 글을 쓰고, 쓰고, 또 쓰다 보면 어느새 팔다리가 축 늘어질 정도로 지쳐 버리곤 해요. 그러면 전 콜린(새로 온 양치기 개)을 데리고 밖으로 나가 들판을 뛰어다니며 내일을 위한 신선한 아이디어를 채워 오죠. 지금껏 보지 못한 가장 훌륭한 작품이랍니다. 에구, 죄송해요. 벌써 말해 놓고선.

제가 너무 우쭐댄다고 생각하시나요, 아저씨?

원래는 그런 애가 아닌데, 지금 너무 들떠서 그래요. 시간이 좀 지나면 냉정을 되찾고 비판적이 되어 콧방귀를 뀌어 댈지도 몰라요. 아니에요, 절대 그럴 리 없어요! 이번엔 진짜 제대로 된 작품을 썼다고요. 조금만 기다려 보세요.

잠깐 다른 이야기를 좀 할게요. 애머세이와 캐리가 지난 5월에 결혼했다는 말씀, 제가 안 드렸죠? 두 사람은 아직도 여기서 일을 하지만, 제가 보기엔 결혼이 그 둘을 망쳐 놓은 것 같아요. 결혼 전엔 애머세이가 진흙탕을 걸어 다녀도, 마루에 담뱃재를 떨어뜨려도 그냥 웃어넘기던 캐리가 지금은……. 아유, 아저씨도 캐리 잔소리를 들어 보셔야 해요! 게다가 이젠 머리를 곱슬곱슬하게 말지도 않는다니까요. 애머세이도 예전엔 그렇게 다정하게 깔개도 털어 주고 장작도 날라 주더니만, 지금은 좀 해달라고 하면 투덜대기 일쑤예요. 넥타이도 전에는 진홍색과 자주색 일색이더니, 요즘은 검정색이나 갈색같이 우중충한 것만 맨 다니까요. 전 결혼은 절대 안 하기로 마음먹었어요. 결혼은 관계를 악화시키는 게 분명해요.

농장 소식은 그리 많지 않아요. 가축들은 모두 건강해요. 돼지들은 유난히 살이 올랐고, 암소들도 편안해 보이고, 암탉들도 알을 잘 낳고 있답니다. 닭이나 오리 같은 가축에 관심이 있으신가요? 그렇다면 『해마다 달걀 200개를 낳는 암탉』이라는 알짜배기 책을 추천해 드립니다. 내년 봄에는 부화기를 이용해 구이용 닭을 키워 볼 생각입니다. 전 이렇게 록 윌로우 농장에 뿌리를 내리고 있어요. 앤터니 트롤럽의 어머니처럼 소설 114편을 쓸 때까지 이곳에 살기로 결심했거든요. 그렇게 평생의 작품을 다 쓰고 나면 은퇴해서 여행을 다니는 거죠.

지난 일요일에 지미 맥브라이드가 다녀갔어요. 닭 요리와 아이스크림을 먹었는데, 두 가지 다 아주 맛있어하는 눈치였어요. 만나서 정말 반가웠어요. 잠시나마 세상이 건재하고 있음을 일깨워 주었죠. 가엾게도 채권 파는 일이 만만찮은가 봐요. 코너스에 있는 농협은 6퍼센트, 때로는 7퍼센트까지 이자를 받게 되는데도 지미의 제안에 관심이 없었나 보더라고요. 결국엔 우스터 집으로 돌아가 아버지의 공장 일을 돕지 않을까 싶네요. 지미는 금융인으로 성공하기엔 지나치게 솔직하고 투명하고 마음이 여려요. 하지만 잘나가는 의류 공장의 지배인도 꽤 괜찮은 자리 아닌가요, 안 그래요? 지금이야 공장 일에 코웃음을 치고 있지만, 언젠간 마음을 돌리게 될 거예요.

펜을 너무 굴려 손에 쥐가 나는 사람이 이렇게 긴 편지를 썼다는 사실을 알아주시기 바랍니다. 그래도 전 아저씨를 여전히 사랑하며 무척 행복하답니다. 아름다운 경치와 넉넉한 음식, 편안한 침대, 수북한 종이와 잉크가 있는데 더 이상 뭘 바라겠어요?

아저씨의 변함없는
주디 올림

추신: 우체부가 몇 가지 소식을 가지고 왔어요. 다음 주 금요일에 저비 도련님이 오셔서 일주일간 묵을 예정이라네요. 몹시 반가운 일이긴 하지만, 제 불쌍한 책이 수난을 겪지 않을까 걱정입니다. 여간 깐깐한 분이라야 말이죠.

8월 27일

키다리 아저씨께

아저씨는 지금 어디 계세요? 전 아저씨가 지구 어느 편에 계신지는 모르지만, 이런 끔찍한 날씨에 뉴욕에 계시진 않길 바랍니다. 산꼭대기(스위스는 아니고, 여기서 좀 더 가까운 곳)에서 눈을 바라보며 절 생각하고 있으면 좋겠어요. 부디 제 생각을 해주세요. 지금 전 너무 외로워서 누군가 절 생각해 줬으면 해요. 아, 아저씨를 잘 안다면 얼마나 좋을까요! 그러면 힘들 때 서로 위로해 줄 수 있을 텐데요.

록 윌로우에서는 더 이상 못 지내겠어요. 다른 곳으로 옮길까 생각 중입니다. 샐리가 올겨울 보스턴에서 사회복지사로 일할 거래요. 저도 샐리가 있는 곳으로 가서 작업실을 빌려 같이 살면 좋지 않을까요? 샐리가 밖에서 일하는 동안 저는 안에서 글을 쓰고 밤에는 같이 지내는 거예요. 이야기 상대라곤 샘플 씨 내외와 캐리와 애머세이뿐이니 밤이 너무 길게 느껴져요. 제 생각이 마음에 들지 않으리란 건 이미 알아요. 아저씨 비서가 보낼 편지가 눈에 훤히 보이네요.

친애하는 제루샤 애벗 양.

스미스 씨는 아가씨가 록 윌로우에서 계속 지내길 바라십니다.

엘머 H. 그릭스

전 아저씨 비서가 싫어요. 엘머 H. 그릭스란 이름을 가진 남자는 분명히 고약한 사람일 거예요. 하지만 아저씨, 정말이지 전 보스턴에 가야만 해요. 여기선 못 살겠어요. 지금 당장 무슨 일인가 생기지 않으면 절망감에 휩싸여 헛간에서 뛰어내릴지도 몰라요.

아! 날씨가 푹푹 찌네요. 풀이란 풀은 죄다 타버렸고, 개울도 바싹 말랐어요. 길에도 먼지가 풀풀 날려요. 몇 주일째 비 한 방울 내리지 않았답니다.

편지를 읽으면 제가 우울증에라도 걸린 것 같겠지만, 그건 아니에요. 전 그냥 가족이 그리울 뿐이에요.

안녕히 계세요, 사랑하는 아저씨.

아저씨를 알고 싶은

주디 올림

9월 19일

아저씨께

일이 생겨서 아저씨의 충고가 필요해요. 이 세상 그 누구도 아닌 아저씨의 충고가요. 아저씨를 만날 수 없을까요? 글보다는 말로 하는 게 훨씬 쉬울 텐데요. 아저씨의 비서가 편지를 열어 볼까 걱정도 되고요.

주디 올림

추신: 전 너무 불행해요.

10월 3일

키다리 아저씨께

오늘 아침 아저씨께서 직접 쓰신 편지를 받았습니다! 글씨체가 아주 꼬불꼬불하던걸요. 편찮으셨다니 마음이 아픕니다. 미리 알았으면 성가시게 해드리지 않았을 텐데요. 그럼 제 고민을 말씀드리겠습니다. 하지만 편지로 쓰기엔 너무 복잡하고 개인적인 문제라서요. 그러니 제발 이 편지는 보관하지 마시고 태워 주세요.

털어놓기에 앞서 1,000달러짜리 수표를 동봉합니다. 제가 아저씨께 수표를 보내 드리다니, 좀 우습죠? 이 돈이 어디서 났을까요?

제 원고가 팔렸어요, 아저씨. 일곱 번에 걸쳐 연재되다가 책으로 출간될 예정이랍니다! 제가 기뻐서 날뛸 거라고 생각하셨다면 오산이에요. 전 아주 담담하니까요. 물론 아저씨의 은혜를 갚기 시작한 건 기뻐요. 아직 2,000달러의 빚이 남아 있지만요. 그건 앞으로 조금씩 갚도록 하겠습니다. 부디 제가 이 돈을 드린다고 언짢아하시진 마세요. 돌려드릴 수 있어 전 행복하니까요. 아저씨께 단순한 돈 이상의 은혜를 입었으니, 나머지는 평생 감사하는 마음과 애정으로 보답하겠습니다.

그럼 이제 다른 이야기를 할게요, 아저씨. 고민하지 마시고 가장 현실적인 조언을 부탁드립니다.

제가 아저씨를 특별하게 생각한다는 건 잘 아실 거예요. 아저씨는 제게 가족이나 마찬가지니까요. 하지만 다른 남자에게 훨씬 더 특별한 감정을 느끼고 있다고 말씀드리면 아저씨 기분이 나쁠까요? 그분이 누군지는 쉽게 짐작이 가시겠지요. 오래전부터 제 편지 속엔 저비 도련님 이야기가 넘쳐 났으니까요.

그분이 어떤 사람인지, 우리가 얼마나 마음이 잘 맞는지 보여 드릴 수 있다면 얼마나 좋을까요. 우리는 모든 면에서 생각이 같아요. 혹시 제 생각을 그분에게 맞추고 있는 건 아닌가 걱정이 될 정도로요! 하지만 그분의 생각은 거의 대부분 옳아요. 저보다 열네 살이나 많으니 그럴 수밖에요. 하지만 한편으로는 덩치만 큰 어린아이 같아서 누군가 옆에서 챙겨 줘야만 하죠. 비가 올 때 장화를 신을 생각조차 못하는 분이거든요. 그분과 전 재미를 느끼는 일도 같고, 재미있어하는 일도 아주 많답니다. 두 사람의 유머 감각이 정반대라면 정말 끔찍하겠죠. 아마 그 틈은 무엇으로도 메울 수 없을 거예요!

그리고 그분은……. 아! 그분은 그냥 그분일 뿐이에요. 전 그가 그립고, 그립고, 또 그리워요. 온 세상이 텅 빈 것 같고 마음이 아파요. 그분이 곁에 없으니 아름다운 달빛도 원망스러워요. 어쩌면 아저씨도 누군가를 사랑해 봤을 테니 이런 제 마음을 아시려나요? 그렇다면 더 설명할 필요가 없겠죠. 그렇지 않대도 달리 설명할 길은 없지만요.

아무튼 제 마음은 그렇답니다. 그런데도 전 그분의 청혼을 거절했어요.

그 이유는 말하지 않았어요. 전 그냥 아무 말도 못한 채 비참한 기분에 빠졌죠. 무슨 말을 해야 할지 생각이 나지 않았어요. 그러자 그분은 제가 지미 맥브라이드와 결혼하고 싶어 한다는 오해를 안고 떠나 버렸어요. 그건 전혀 아닌데 말이죠. 지미와 결혼한다는 생각은 한 번도 해본 적이 없어요. 아직도 철부지 같기만 한걸요. 하지만 저비 도련님과 전 끔찍한 오해의 소용돌

이에 휘말려 서로에게 상처를 주고 말았어요. 제가 그분을 떠나보낸 건 사랑하지 않아서가 아니라 너무나도 사랑하기 때문이었어요. 그분이 언젠가 저와의 결혼을 후회하게 될까 봐 겁이 났어요. 그건 도저히 견딜 수 없는 일이니까요! 저 같은 과거를 가진 사람이 그런 가문의 사람과 결혼을 한다는 게 옳은 일 같지가 않았어요. 고아원 이야기는 그분에게 한 번도 한 적이 없었고, 제가 누군지 모른다는 사실을 설명하기도 싫었답니다. 근본이 아주 나쁠 수도 있으니까요. 게다가 그분 집안은 자존심이 대단하거든요. 물론 제 자존심도 만만치 않고요!

또 제가 아저씨에게 어떤 의무감이 있다는 느낌이 들었어요. 작가가 되기 위해 교육을 받았으니, 최소한 노력은 해야 하잖아요. 아저씨 덕에 교육을 받고는 배운 지식을 쓰지도 않고 내버린다면 도리가 아니지요. 하지만 이제는 돈을 갚아 나갈 수 있게 되었으니, 어깨의 짐이 조금이나마 가벼워진 기분입니다. 게다가 결혼을 해도 작가 생활은 계속할 수 있잖아요. 두 가지 일 중 꼭 하나만 해야 하는 건 아니니까요.

이 문제로 고민을 참 많이 했어요. 물론 그분은 사회주의자이고 사고방식이 자유로운 분이라 프롤레타리아와 결혼하는 게 아무렇지 않을지도 몰라요. 두 사람의 마음이 잘 맞고, 함께 있어 행복하고, 떨어져 있어 외롭다면 세상 그 무엇도 둘을 갈라놓아선 안 되겠지요. 물론 저도 그렇게 생각하고 싶어요! 하지만 전 아저씨의 냉정한 의견을 듣고 싶답니다. 아저씨도 좋은 가문 출신일 테니, 동정심이나 인간적인 관점에서가 아니라 보편적인 시각에서 이 문제를 바라봐 주세요. 제가 얼마나 용기를 내어 이 말씀을 드리는지 아시겠지요.

그분을 찾아가 문제는 지미가 아니라 존 그리어 고아원이라고 털어놓으면 어떨까요? 저한텐 너무 잔인한 일이겠죠? 아마 엄청난 용기가 필요할 거예요. 차라리 평생 비참하게 사는 게 낫겠어요.

그 일이 있은 지 거의 두 달이 다 됐어요. 그분에게선 아무런 소식이 없네요. 이제 실연의 아픔에 익숙해졌나 싶었는데, 줄리아가 보낸 편지 한 통이 다시 제 마음을 휘저어 놓았답니다. 줄리아는 아주 태연스레, 저비스 삼촌이 캐나다에서 사냥을 나갔는데 밤새 폭우 속에 붙잡혀 있다가 그만 폐렴에 걸렸다고 적어 놓았더군요. 전 금시초문이었어요. 그분이 한마디 말도 없이 사라져 버려 속상해하고만 있었거든요. 그분은 지금 몹시 힘이 들겠죠. 하지만 그건 저도 마찬가지랍니다!

제가 어떻게 하는 게 좋을까요?

주디 올림

10월 6일

친애하는 키다리 아저씨께

네, 당연히 가야죠. 돌아오는 수요일 오후 네 시 삼십 분에 뵙겠습니다. 물론 길은 찾을 수 있어요. 뉴욕엔 벌써 세 번이나 가봤고, 어린애도 아니니까요. 실제로 아저씨를 만난다니 믿기지가 않아요. 오랫동안 생각만 해온 탓인지 진짜 살아 있는 사람 같지가 않거든요.

건강도 안 좋으신데 저한테 이렇게 신경을 써주시다니, 아저씨는 정말 좋은 분이세요. 몸조리 잘하시고 감기 걸리지 마세요. 요즘 가을비가 꽤 눅눅하거든요.

애정을 담아
주디 올림

추신: 방금 끔찍한 생각이 떠올랐어요. 아저씨 댁에 집사가 있나요? 제가 집사를 무서워해서, 집사가 문을 열어 주면 계단에서 기절하고 말 거예요. 집사에게 뭐라고 말하죠? 전 아저씨 성함도 모르잖아요. 스미스 씨를 찾아왔다고 말하면 될까요?

목요일 아침

세상에서 가장 사랑하는 저비 도련님, 키다리 아저씨, 펜들턴 스미스 씨께

어젯밤에는 잘 주무셨어요? 전 못 잤답니다. 한숨도 못 잤죠. 너무 놀랍고 흥분되고 어리둥절하고 행복해서 잘 수가 없었어요. 다시는 자지도, 먹지도 못할 것 같아요. 그래도 당신은 주무셨길 바랍니다. 꼭 그래야 해요. 그래야 빨리 나아서 제 곁으로 올 수 있잖아요.

사랑하는 당신, 당신이 얼마나 아프셨을지 생각하면 견딜 수가 없어요. 전 그것도 모르고 말이에요. 어제 의사 선생님이 절 배웅 나와 택시에 태워 주며 아저씨가 사흘 동안 가망이 없는 상태였다고 말씀하시더군요. 세상에, 혹시라도 당신이 잘못됐다면 제가 바라보는 세상은 온통 암흑천지가 됐을 거예요. 언젠가 아주 먼 훗날, 우리 중 하나가 먼저 떠날 날이 오기야 하겠지만, 그땐 적어도 함께한 행복한 세월을 추억하며 살 수는 있을 거잖아요.

당신 기운을 북돋워 주려고 했는데, 오히려 제가 기운을 차려야겠네요. 전 지금껏 한 번도 꿈꾸지 못한 행복감에 젖어 있지만, 한편으론 더없이 냉정하답니다. 당신에게 무슨 일이 일어나면 어쩌나 하는 두려움이 제 마음에 어두운 그림자를 드리우고 있어요. 예전에는 잃을 만한 소중한 게 없었기에 그렇게 어리석

고 경솔하고 근심 없이 지낼 수 있었나 봐요. 하지만 지금은 평생 '어마어마한 걱정거리'를 안고 살게 됐어요. 당신이 제 곁에 없을 때마다 전 자동차가 당신을 덮치진 않을까, 간판이 머리에 떨어지지는 않을까, 꿈틀거리는 끔찍한 병균이 당신 입속으로 들어가지는 않을까 늘 걱정할 테니까요. 제 마음의 평화는 영원히 사라졌어요. 하지만 전 원래 무미건조한 평화엔 관심이 없답니다.

얼른 나으세요. 어서, 어서, 어서요. 가까이에서 손으로 만지며 당신의 존재를 느끼고 싶어요. 우린 겨우 삼십 분밖에 같이 있지 못했잖아요! 제가 꿈을 꾼 건 아닌지 두려워요. 제가 당신 친척이기만 하다면(사돈의 팔촌이라 해도) 매일 문병 가서 책도 읽어 주고 베개도 돋워 주고 이마에 잡힌 잔주름 두 개도 펴주고 입가에 기분 좋은 미소도 짓게 해드릴 텐데 말이에요. 하지만 이젠 많이 좋아지셨죠, 그죠? 어제 제가 떠나기 전엔 그래 보이던데요. 의사 선생님이 저더러 훌륭한 간호사가 틀림없다며, 당신이 십 년은 젊어 보인다고 하셨어요. 하지만 사랑을 한다고 사람들이 모두 십 년씩 젊어지진 않았으면 좋겠네요. 그렇게 되면 전 꼬마 숙녀가 되는데, 그래도 절 사랑해 주실 건가요?

어제는 제 평생 가장 멋진 날이었어요. 아흔아홉 살까지 산다 해도 어제 일어난 아주 사소한 일까지 모두 기억할 수 있을 거예요. 새벽에 록 윌로우를 떠났던 여자아이는 그날 밤 완전히 다른 사람이 되어 돌아왔답니다. 샘플 부인이 새벽 네 시 삼십 분에 절 깨웠어요. 어둠 속에서 정신을 차리는 동안 맨 먼저 떠오른 생각은 '키다리 아저씨를 만나러 간다!'였지요. 부엌에서 촛불을 켜고 아침을 먹은 뒤 마차로 시월의 찬란한 새벽길을 달려 역으로 갔어요. 가는 동안 해가 떠오르면서 습지의 단풍나무와 층층나무가 진홍색과 오렌지색으로 빛나기 시작했고, 돌담과 옥수수밭은 하얗게 내린 서리로 반짝거렸어요. 맑고 쨍한 공기는 기대감으로 가득 차 있었죠. 전 무슨 일이 일어나리란 걸 알았어요. 기차를 타고 가는 내내 철로가 '너는 키다리 아저씨를 만나게 될 거야.'라며 끊임없이 노래했어요. 마음이 편안해지는 느낌이었죠. 아저씨가 문제를 해결해 주리라는 강한 믿음이 들었어요. 그리고 어딘가에서 또 다른 남자가, 아저씨보다 더 다정한 한 남자가 절 만나고 싶어 하고 있으며, 왠지 이 여행이 끝나기 전에 그를 만날 것 같은 예감이 들었죠. 그리고 그 예감대로 된 거예요!

메디슨 대로에 있는 댁에 도착한 저는 집이 너무 크고 어둡고 으스스해 들어갈 엄두가 나지 않았어요. 그래서 집 주위를 걸으며 용기를 그러모았죠. 하지만 조금도 겁낼 필요가 없었어요. 아버지같이 나이 지긋하고 친절한 집사 덕에 마음이 금방 편해졌거든요. 집사가 애벗 양이 맞냐고 물으시 진 '네.'라고 대답했죠. 스미스 씨를 찾는다는 말은 할 필요도 없었답니다. 집사는 응접실에서 기다리라고 말했어요. 응접실은 어두침침하고 웅장하고 남성적인 느낌이 물씬 풍겼어요. 전 담요를 씌운 커다란 의자 끝에 앉아 속으로 계속 되뇌었어요.

'키다리 아저씨를 만난다! 키다리 아저씨를 만난다!'

이윽고 집사가 돌아와 서재로 올라가자고 하더군요. 전 가슴이 너무 떨려 정말이지 발걸음을 옮기지도 못할 지경이었어요. 서재 문 앞에 도착한 집사가 몸을 돌리더니 이렇게 속삭였어요.

"아가씨, 주인님은 지금 몹시 편찮으십니다. 오늘 처음으로 일어나 앉아도 된다는 허락을 받았답니다. 흥분하시지 않도록 가급적 오래 계시지는 말아 주십시오."

그 말만으로도 집사가 아저씨를 아낀다는 사실을 알겠더군요. 좋은 사람인 것 같아요!

이윽고 집사가 문을 두드리며 말했어요.

"애벗 양이 오셨습니다."

그리고 제가 안으로 들어가자 그가 뒤에서 문을 닫았지요.

환하게 불이 켜진 복도에서 실내로 들어가서 그런지 너무 어두워 한동안 앞이 잘 보이지 않았어요. 잠시 후 벽난로 앞의 커다란 안락의자와 그 옆에 놓인 차 탁자와 작은 의자가 눈에 들어오더군요. 그리고 한 남자가 등에 베개를 받치고 무릎 담요를 덮은 채 큰 의자에 앉아 있는 게 보였어요. 그는 제가 미처 말리기도 전에 약간 비틀거리며 자리에서 일어나 의자 등받이에 몸

을 기대고 말없이 절 쳐다봤어요. 그런데…… 그는 바로 당신이었어요! 하지만 그때까지도 전 상황을 제대로 파악하지 못했답니다. 아저씨가 절 깜짝 놀라게 하려고 당신을 데려온 줄 알았거든요.

이윽고 당신이 웃으면서 손을 내밀고는 이렇게 말했죠.

"주디, 내가 키다리 아저씨라는 걸 정말 몰랐어?"

순간 정신이 번쩍 들더군요. 세상에, 이렇게 멍청할 수가! 사소한 단서들이 얼마나 많았는데, 제가 조금만 눈치가 있었어도 충분히 알아챘을 텐데 말이에요. 전 명탐정이 되긴 글렀죠? 이제 당신을 뭐라고 불러야 하죠? 아저씨? 아니 저비? 그냥 저비라고 부르면 너무 건방진 것 같은데, 전 당신에게 무례하게 굴긴 싫거든요!

의사 선생님이 들어와 절 내보내기 전에 우리가 함께했던 삼십 분은 더할 수 없이 행복했어요. 역에 도착해서도 어찌나 정신이 멍하던지, 하마터면 세인트루이스행 기차를 탈 뻔했다니까요. 당신도 꽤나 정신이 없었죠. 저한테 차를 대접하는 것도 잊었잖아요. 하지만 우리 둘 다 너무나 행복했어요. 밤길을 달려 록 윌로우로 돌아오는데, 아, 별이 어찌나 밝게 빛나던지! 오늘 아침엔 콜린을 데리고 우리가 같이 갔던 곳들을 돌아다니며 당신이 했던 말이며 당신의 모습을 떠올렸답니다. 오늘은 숲이 청동색으로 빛나고 공기 중엔 서리 기운이 가득해요. 등산하기

딱 좋은 날씨네요. 당신이 여기 있어서 함께 언덕을 오를 수 있다면 얼마나 좋을까요. 사랑하는 저비, 당신이 미치도록 그리워요. 하지만 이건 행복한 그리움이에요. 우린 곧 만날 테니까요. 이제 우리는 거짓 없이 진실로 하나가 됐으니까요. 제가 마침내 누군가의 사람이 되다니 이상하지 않으세요? 그래도 기분은 말할 수 없이 달콤해요.

앞으로 한순간도 후회하지 않게 해드릴게요.

당신의 영원한 주디

추신: 평생 처음 써보는 연애편지예요. 제가 연애편지를 쓸 줄 안다니 우습죠?

지은이 진 웹스터

1876년 미국 뉴욕에서 태어났다. 아버지는 출판업자로 마크 트웨인의 『톰 소여의 모험』을 출판했고, 어머니는 마크 트웨인의 조카였다. 대학에서 문학과 경제학을 전공했고 신문기자로도 활약했다. 『패티가 대학에 갔을 때』, 『보리공주』, 『키다리 아저씨』 등을 발표하며 작가로 왕성하게 활동했으나 40세에 첫아이를 낳고 이틀 만에 세상을 떠났다.

옮긴이 김양미

교육대학을 졸업하고 수년간 아이들과 함께 배우며 생활했다. 지금은 좋아하는 책을 벗 삼아 외국의 좋은 책들을 소개하고 우리말로 옮기는 작업을 하고 있다. 번역서로는 아름다운 고전 시리즈인 『작은 아씨들』, 『이상한 나라의 앨리스』, 『빨간머리 앤』, 『눈의 여왕』, 『오즈의 마법사』, 『백설공주』(인디고)가 있고, 『지금 알고 있는 것을 그때의 내가 알았더라면』, 『당신의 남자를 걷어찰 준비를 하라』(글담)가 있다.

그린이 김지혁

프리랜서 일러스트레이터. 감성적이고 테마가 있는 그림에 매료되어 그림을 그리기 시작했다. 트렌드에 맞춰 그리기보다 공간과 빛, 그리고 이야기를 담는 일러스트로 많은 사랑을 받고 있다. 웹사이트, 책 표지, 잡지 광고 등 여러 분야에서 그림 작업을 하고 있으며, 칼럼과 에세이 작업도 함께 하고 있다.

지금까지 『경청』, 『원거리 연애』, 『나비지뢰』, 『여자, 독하지 않아도 괜찮아』, 『그녀들은 어떻게 다가졌을까』, 『스페인, 너는 자유다』, 『빨간 머리 앤』 등의 책에 일러스트 작업을 했으며, 그 밖에 웅진코웨이, SK텔레콤, 롯데마트, HAZZYS, KB카드 등 다수 기업의 일러스트를 진행했다.

키다리 아저씨 아름다운 고전 리커버북 시리즈 ❸

지은이 | 진 웹스터   그린이 | 김지혁   옮긴이 | 김양미
펴낸이 | 김종길   펴낸곳 | 인디고

출판등록 | 1998년 12월 30일 제2013-000314호   주소 (04029) 서울특별시 마포구 월드컵로8길 41
홈페이지 | indigostory.co.kr   전화 | (02) 998-7030   팩스 | (02) 998-7924
블로그 | http://blog.naver.com/geuldam4u   페이스북 | www.facebook.com/geuldam4u
이메일 | geuldam4u@geuldam.com   인스타그램 | geuldam
초판 1쇄 발행 | 2018년 4월 15일   초판 8쇄 발행 | 2024년 3월 28일   정가 | 14,800원
ISBN 979-11-5935-029-0 03840

이 도서의 국립중앙도서관 출판시도서목록(CIP)은 e-CIP홈페이지(http://www.nl.go.kr/ecip)와
국가자료공동목록시스템(http://www.nl.go.kr/kolisnet)에서 이용하실 수 있습니다.(CIP제어번호 : CIP2018010090)